诗人与诗

王昌龄

一片冰心在玉壶

吴修丽　韩玉龙　编

河海大学出版社
HOHAI UNIVERSITY PRESS
· 南京 ·

图书在版编目（CIP）数据

　王昌龄：一片冰心在玉壶 / 吴修丽，韩玉龙编. --
南京：河海大学出版社，2022.3
　（诗人与诗 / 李路主编）
　ISBN 978-7-5630-7407-5

　Ⅰ．①王… Ⅱ．①吴… ②韩… Ⅲ．①唐诗—诗集②
王昌龄（698-约765）—人物研究 Ⅳ．①I222.742
②K825.6

中国版本图书馆CIP数据核字(2022)第007043号

丛 书 名 / 诗人与诗
书　　名 / 王昌龄：一片冰心在玉壶
　　　　　 WANG CHANGLING:YI PIAN BINGXIN ZAI YUHU
书　　号 / ISBN 978-7-5630-7407-5
责任编辑 / 毛积孝
丛书主编 / 李　路
特约编辑 / 李　萍
特约校对 / 吴　淼
装帧设计 / 刘昌凤
出版发行 / 河海大学出版社
地　　址 / 南京市西康路1号（邮编：210098）
电　　话 / （025）83737852（总编室）
　　　　　 （025）83722833（营销部）
经　　销 / 全国新华书店
印　　刷 / 三河市元兴印务有限公司
开　　本 / 660毫米×960毫米　1/16
印　　张 / 13.25
字　　数 / 161千字
版　　次 / 2022年3月第1版
印　　次 / 2022年3月第1次印刷
定　　价 / 59.80元

目 录

王昌龄生平与创作

生平：东贬西谪，人生多舛 003

创作：包蕴广阔，不拘一格 007

王昌龄诗

巴陵送李十二 021

巴陵别刘处士 022

悲哉行 024

变行路难 027

别陶副使归南海 029

别辛渐 030

别李浦之京 031

别皇甫五 032

采莲曲二首·选一 033

长信秋词五首·选二 034

长歌行 036

次汝中寄河南陈赞府 038

重别李评事 040

初日 041

出塞二首 042

春怨 044

春宫怨 045

从军行二首·选一 046

从军行七首·选三 048
从军行 050
答武陵田太守 051
大梁途中作 052
代扶风主人答 054
段宥厅孤桐 057
放歌行 059
芙蓉楼送辛渐二首 062
甘泉歌 064
缑氏尉沈兴宗置酒南溪留赠 065

古意 068
观猎 069
闺怨 070
过华阴 071
寒食即事 073
邯郸少年行 075
和振上人秋夜怀士会 076
河上老人歌 077
胡笳曲 078
浣纱女 080

003

击磬老人　081

寄穆侍御出幽州　082

江上闻笛　083

静法师东斋　085

就道士问周易参同契　087

客广陵　089

李四仓曹宅夜饮　091

梁苑　092

留别郭八　093

留别武陵袁丞　094

留别　095

龙标野宴　096

卢溪别人　097

潞府客亭寄崔凤童　098

旅望　100

裴六书堂　101

琴　102

青楼怨　103

青楼曲二首　104

秋山寄陈谠言　106

秋兴 108

塞上曲 110

塞下曲四首·选二 112

沙苑南渡头 115

少年行二首 117

失题 120

送柴侍御 121

送魏二 122

送狄宗亨 123

送高三之桂林 124

送郭司仓 125

送刘十五之郡 126

送薛大赴安陆 127

送李擢游江东 128

送李五 130

送程六 131

送朱越 132

送谭八之桂林 133

送窦七 134

送十五舅 135

送郑判官 136

送姚司法归吴 137

送刘眘虚归取宏词解 138

送人归江夏 140

送李邕之秦 141

送张四 142

送万大归长沙 143

送吴十九往沅陵 144

送胡大 145

送裴图南 146

送东林廉上人归庐山 147

素上人影塔 149

宿裴氏山庄 151

宿京江口期刘眘虚不至 152

太湖秋夕 154

题净眼师房 155

题瀍池二首 157

题朱炼师山房 159

题僧房 160

听流人水调子 161

听弹风入松赠杨补阙 162

同从弟销南斋玩月忆山阴崔少府 164

同王维集青龙寺昙壁上人兄院五韵 166

万岁楼 168

为张债赠阁使臣 169

乌栖曲 171

武陵田太守席送司马卢溪 172

武陵开元观黄炼师院三首·选二 173

西江寄越弟 175

西宫春怨 176

西宫秋怨 177

萧驸马宅花烛 178

行路难 179

宴春源 182

遇薛明府谒聪上人 183

越女 185

赠史昭 187

斋心 189

朝来曲 191

赵十四兄见访 192

郑县宿陶太公馆中赠冯六元二 194

至南陵答皇甫岳 197

诸官游招隐寺 198

王昌龄生平与创作

生平：东贬西谪，人生多舛

王昌龄（698—约765），字少伯，京兆万年人，盛唐时期著名诗人。王昌龄的诗篇流传下来的并不多，《全唐诗》收录一百八十多首，还有一些零落的章句。王昌龄享有"七绝圣手"的美誉，又被称为"诗家夫子"，在当时他就已经诗名远播，颇受推崇。然而史料中有关他生平事迹的记载却少之又少，关于他的籍贯，他的生卒年，他的仕进与贬谪之路，历来说法不一，史家亦无定论。因此本文关于其生平的表述，综合了一些考据家的推论。

家道式微，艰难求仕

王昌龄的家族琅琊王氏在南朝时非常显赫，然而到了他这一代，家道已然式微，他的祖父、父亲几代都无人仕宦。王昌龄家境较为困顿，他曾在《上李侍郎书》中说道："久于贫贱，是以多知危苦之事。"王昌龄在家中排行老大，所以友人常称呼他"王大"，其父情况不详，很有可能早逝；其母比较长寿，直到他去世，母亲仍健在。从王昌龄的作品中我们得知他至少有一个弟弟，在《别李浦之京》中，他写道："故园今在灞陵西，江畔逢君醉不迷。小弟邻庄尚渔猎，一封书寄数行啼。"可见他的弟弟，亦是寒微之辈。

王昌龄早年间在故乡躬耕读书，他既没有煊赫的家世，也没有能扶持、提携他的亲戚朋友，凡事都只能依靠自己。同古代其他青年一样，进入仕途是唯一可以改变他窘困的生活现状的途径。王昌龄一边读书，一边还要养家糊口，因此在他的诗歌中，常常可见"渔""耕"等词，"无何困躬耕"（《郑县宿陶太公馆中赠冯六元二》）"垂钓往南涧"（《独游》）等诗都是对自己躬耕田亩生活片段的志述。由此可见，家境的贫困并没有给王昌龄提供优渥的读书条件，他极高的文才与后来所取得的诗歌成就，得益于自己天生的聪慧与寒窗苦读的毅力。

青年时期的王昌龄除了在家中耕读，还偶尔去附近的州县漫游。王昌龄是盛唐著名的边塞诗人，创作了大量的边塞诗作名篇，然而史料中并未见到有关他赴边出塞的记载，关于他"出塞复入塞"的时间、地点、次数等，都是学者根据其诗作推导出的结论，因此各家也有较大的出入。

约在开元十一年（723）前后，王昌龄二十五岁左右时，他曾到过华阴、大梁、嵩山、太行，既而游猎邯郸，并且在河北、河东边塞一带漫游。在开元十二年（724）至开元十三年（725）间，王昌龄又漫游了河西、陇右边地。王昌龄希望能在沙场建功立业，实现"封侯取一战"的宏愿。然而现实并未能使他如愿，在《从军行二首》中，他感叹自己："虽投定远笔，未坐将军树。早知行路难，悔不理章句！"

在疆场上未能有所建树，王昌龄又重拾翰墨，并且广泛地结交贤达，为自己将来走上仕途创造时机。开元十五年（727），二十九岁的王昌龄进士及第，被授予秘书省校书郎。秘书省校书郎是正九品上的低级官员，徒有清雅的名声，却是个闲散之职。这与王昌龄迫切地希望入仕以求治国平天下的愿望相去甚远。于是王昌龄于开元二十二年（734）再应博学宏词科，又一举登第。然而科场得意的王昌龄在官场却未能如愿，他由校书郎改任汜水尉，这是一个正九品下的官职，其品秩不升反降。这无疑让王昌龄备受打击。

东贬西谪，死于非命

约在开元二十三年（735），王昌龄被贬谪到地处偏僻的岭南。这次贬谪的原因也不甚明了，王昌龄自述是"得罪由己招，本性易然诺"（《见遣至伊水》）。由于罪过较轻，他途中在今湖北一带盘桓较久。这一次遭贬，可能就是他天性不拘小节而导致的，但不排除与唐王朝当时的政治局势有莫大的关联。虽然从他的诗篇以及史料记载中，鲜有关于他被贬的实在证据，然而他被贬岭南时，正是外戚李林甫得势、张九龄失势之时。王昌龄一直非常仰慕张九龄的品行和为人，与之关系也比较密切，所以这一次遭贬谪，有可能只是单纯地受到了张九龄的牵连。此外，李林甫当权，安禄山正得宠，杨家势力大行其道。而王昌龄在任校书郎和汜水尉时，作了比较多的宫怨诗，当权者认为他的宫怨诗有变相嘲讽唐玄宗专宠杨贵妃、沉迷声乐酒色之嫌，故而将其贬黜外放。

开元二十七年（739），王昌龄遇赦北返，第二年归至长安。这年冬天，王昌龄奉旨量移江宁丞。赴任之前，他向好友岑参辞行，作《留别岑参兄弟》："江城建业楼，山尽沧海头。副职守兹县，东南櫂孤舟。"因曾在江宁为官，世人也称其为"王江宁"。除了天宝二年（743）春他因事暂至长安，此间他一直都在江宁任所。

然而几年之后，王昌龄又因为"不矜细行，谤议沸腾"的罪名再次遭贬。这一次被贬的原因，史学家一般认为他是受小人谗言所致。所谓"不矜细行"，主要是说王昌龄在生活作风上有一些好酒贪杯、游手好闲、私养歌姬的毛病。这一次他被贬为龙标尉，在天宝七载（748）春天，王昌龄到达了龙标。李白著名的诗作《闻王昌龄左迁龙标遥有此寄》就是作于王昌龄被贬龙标之时。自从开元十五年进士及第，王昌龄任职的仅仅只是郎、尉、县丞一类的小官，而且还屡遭贬谪，不断迁移，他的仕进之路充满着失意和悲剧。

　　关于王昌龄之卒，具体为哪年，因何事被杀，史无记载。因此，关于这一问题说法不一。闻一多于《唐诗大系》中疑其卒于765年。也有许多学者认为王昌龄卒于安史之乱爆发后，即天宝十四载（755）。一代大诗人之死已成谜团，实在令人唏嘘不已。

创作：包蕴广阔，不拘一格

王昌龄在诗歌创作中的成就很高，无论是在当时还是在后世，他的诗作一直备受人们推崇。与王昌龄同时代的诗选家殷璠盛赞道："昌龄以还，四百年内，曹、刘、陆、谢（曹植、刘桢、陆机、谢灵运），风骨顿尽。顷有太原王昌龄，鲁国储光羲颇从厥游。且两贤气同体别，而王稍声峻。至如'明堂坐天子，月朔朝诸侯。清乐动千门，皇风被九州。庆云从东来，泱漭抱日流'；又'云起太华山，云山相明灭。东峰始含景，了了见松雪'……斯并惊耳骇目。今略举其数十句，则中兴高作可知矣。"（《河岳英灵集》）晚唐司空图称赞道："国初，主上好文雅，风流特盛。沈、宋（沈佺期、宋之问）始兴之后，杰出于江宁（王昌龄），宏肆于李、杜（李白、杜甫），极矣！"

七绝圣手

王昌龄现存诗歌181首，其中七绝74首，七古6首，七律2首，五绝14首，五古68首，五律13首，五排4首。就体裁而言，王昌龄创作最多、成就最高的当属七绝与五古，尤以七绝成就最高，被尊为"七绝圣手"。可以说，王昌龄是盛唐诗人中倾力于七绝创作并取得空前成就的第一人。他的七绝诗内容十分广泛，边塞诗、怀古诗、赠别诗、宫怨诗、闺怨诗无所不包。这当中，又不乏千古流传的名篇。例如边塞诗中的《出塞二首·其一》：

秦时明月汉时关，万里长征人未还。

但使龙城飞将在，不教胡马度阴山。

又如他的送别诗《芙蓉楼送辛渐二首·其一》：

寒雨连江夜入吴，平明送客楚山孤。

洛阳亲友如相问，一片冰心在玉壶。

他的宫怨诗《长信秋词五首·其二》：

奉帚平明金殿开，且将团扇共徘徊。

玉颜不及寒鸦色，犹带昭阳日影来。

诗人在这些完全不同主题的诗作中，都能创作出十分鲜明动人的形象，呈现出多样化的艺术风格。诗中的意境或深邃幽远，或雄浑气魄，或含蓄哀怨，这种种表现形式都被诗人信手拈来。

明代文学家李攀龙编《唐诗选》时，推王昌龄《出塞》压卷，称之为"唐绝第一"。后来诗论家们便不断有关于唐人七绝压卷之作的争论。有推王翰《凉州词》（葡萄美酒夜光杯），有推王之涣《凉州词》（黄河远上白云间），有推王维《送元二使安西》（渭城朝雨浥轻尘），有推李白《早发白帝城》（朝辞白帝彩云间），有推王昌龄《长信秋词》（奉帚平明金殿开），还有推诸如李益《夜上受降城闻笛》（回乐峰前沙似雪），刘禹锡《石头城》（山围故国周遭在），杜牧《泊秦淮》（烟笼寒水月笼沙）等，诗论家们各执一词，争论不一。

清代诗论家沈德潜编选《唐诗别裁集》时，曾经收集这些明清诗论家们关于唐人七绝的压卷之说：李攀龙推王昌龄《出塞》二首中的第一首；王世贞推王翰的《凉州词》；王士祯推王维《送元二使安西》、李白《早发白帝城》、王昌龄《长信秋词》五首中的第二首和王之涣的《凉州词》同为压卷之作。其中，王昌龄独占两篇。

可以说，王昌龄在七绝创作上的成就是空前的，甚至在与其同时代的大诗人中，也仅有李白、王维等少数人可以与之比肩。明代诗论家胡应麟《诗薮》中说："七言绝，如太白、龙标，皆千秋绝技。"清初诗论家叶燮《原诗》中说："七言绝句，古今推李白、王昌龄。李俊爽，王含蓄。两人辞、调、意俱不同，各有至处。"

古代诗歌极讲求意境之美，王昌龄的诗歌恰恰是立意深婉、韵味隽永的代表。在他的诗中，常常不直言其事，而是融情入景，将自己想要表达的思想感情委婉道来，让读者感受到极其含蓄又无限悠长的韵致。例如《送魏二》一诗：

醉别江楼橘柚香，江风引雨入舟凉。

忆君遥在潇湘月，愁听清猿梦里长。

作者与友人魏二在江楼上把酒话别,这时节橘柚飘香,这一刻正是江风吹雨、入舟寒凉。作者未着一字去写自己与友人的深情厚谊,也未写二人分别时是多么离情依依,而是遥想自己与友人分别之后的情状:潇湘水上一轮孤月,清猿声声啼叫如响彻梦中。全诗将嗅觉——橘柚香、触觉——风雨凉、视觉——潇湘月、听觉——清猿长等多种感官交互作用,构筑出独特的审美意象。又如《听流人水调子》一诗:

> 孤舟微月对枫林,分付鸣筝与客心。
>
> 岭色千重万重雨,断弦收与泪痕深。

这首诗作于诗人被贬龙标的途中。诗人无故遭贬,一腔忧愤郁结都诉诸笔端,将悲凉幽怨的情感都赋予诗中。首句中孤舟、微月、枫林三个意象,便已经构建了一个深幽孤寂的情境,随即流人的古筝曲调便如同月光一样,沁入此时的环境,同时也沁入了被贬谪之人的内心。而远处层层山岭笼罩在雨雾之中,更加深了作者内心的愁苦,弦断、音绝、泪痕深深,情与景相互渗透交融,读来令人黯然销魂。

王昌龄不但擅长融情于景,他的七绝中还常常具有蕴藉深永、以浅藏深的含蓄之美。例如《闺怨》一诗:

> 闺中少妇不知愁,春日凝妆上翠楼。
>
> 忽见陌头杨柳色,悔教夫婿觅封侯。

这首诗语言简练通俗，描摹质朴，讲述了一个闺中少妇盛装登上翠楼，却在一瞥陌头杨柳青青之后，生出了愁绪。由"不知愁"到"悔"，从字面上看仅仅是一瞬间，实际上，作者正是用"不知"来说"知"，可谓语虽近，意却远。这种表现手法也常常出现在王昌龄的宫怨诗中，如《西宫春怨》：

西宫夜静百花香，欲卷珠帘春恨长。

斜抱云和深见月，朦胧树色隐昭阳。

在夜深人静的宫殿之中，百花飘香，一个寂寞的宫嫔，只能斜抱着琵琶，望着孤月，自己长久地沉浸在愁怨中。而自己日夜期盼的君王呢，却在被朦胧树色隐没的昭阳殿里。这朦胧树色遮住的，不仅仅是君王的身影，也是君王曾经的恩宠之心。读来仿佛使读者也能感受到主人公的寂寞与空虚，意韵无穷，耐人寻味。

如果说送别诗、闺怨诗、宫怨诗体现的是一种含蓄隽永的深永意境，那王昌龄的边塞诗则既包含雄浑壮烈的盛唐气象，同时又兼具含蓄托讽的思想格调。例如《从军行七首·其四》：

青海长云暗雪山，孤城遥望玉门关。

黄沙百战穿金甲，不破楼兰终不还。

诗歌前二句写边塞环境的苍凉与艰苦，青海湖的上空，茫茫的云雾使雪山都变得暗淡；越过雪山，是矗立在荒漠中的一座孤城，而玉门关与孤城遥遥相望。寥寥数语，便将西北边疆战士们生活、战斗的环境刻画出来。后两句则是对戍边将士们的战斗生活和胸襟抱负的表现和抒写。身经百战，身上的盔甲都已经磨穿了，然而，只要边患仍旧没有止息，将士们战斗之心便不会停止。作者在末句化用了楼兰的典故：汉代楼兰国王与匈奴勾结，多次拦截、杀害汉朝出使西域的使臣。公元前 77 年，大将军霍光派平乐监傅介子前往楼兰，智取楼兰王首级得胜归来。全诗境界开阔，情感悲壮，高亢雄浑之中蕴含着深沉低徊的苍凉之意。又如《从军行七首·其二》：

> 琵琶起舞换新声，总是关山旧别情。
>
> 撩乱边愁听不尽，高高秋月照长城。

琵琶、歌舞、新作之曲，本应该是一派歌舞翩翩、纵情欢乐的景象，然而每每听到《关山月》的曲调，边关将士们的思乡之愁便密密升腾，无尽无休。末句描写了一派静谧安宁的景色：一轮秋月高高地悬挂在天上，冷冷的月光洒照在长城之上。"新曲调"和"旧别情"，可谓剪不断、理还乱；热闹的歌舞与冷月照长城，一动一静，对比鲜明。作者在这几笔当中，刻画了征边将士们丰富的内心世界，既有立功边塞的雄心，亦有离乡背井的凄楚；既有对山河家乡的眷恋与热爱，也有目之所及一片苍凉所引发的感伤。王昌龄之七绝，不可谓不"绝"。

唐代李肇《唐国史补》中称王昌龄"位卑而著名"。王昌龄一生仅做了些小官，既而不断被贬，他之所以能在极其发达、才人辈出的盛唐诗坛脱颖而出，占得一席之地，主要是因为他出类拔萃的诗歌创作。

五古名家

王昌龄不仅在七绝的创作上有杰出成就,他的五言古诗亦不乏名篇佳作,成就仅次于他的七绝。清代学者吴乔在《围炉诗话》中评价道:"王昌龄五古,或幽秀,或豪迈,或惨恻,或旷达,或刚正,或飘逸,不可物色。"殷璠《河岳英灵集》中收录了唐代李白、王维、孟浩然、王昌龄等二十四位诗人的229首诗,其中王昌龄的诗有16首,数量最多。这16首诗中,五古又占13首。

王昌龄的五古,同样具有题材广泛、内涵深刻丰富、风格鲜明多样的特征。在思想内容上,除了表达自己积极入世、渴望建功立业的强烈愿望,以及反映复杂艰苦的边塞生活外,他的五古中还有一类表明自己向往清虚寂静,暗含佛禅、道理的诗。这类诗多作于他与禅师、道士交往之时,如《静法师东斋》:

> 筑室在人境,遂得真隐情。
>
> 春尽草木变,雨来池馆清。
>
> 琴书全雅道,视听已无生。
>
> 闭户脱三界,白云自虚盈。

首句化用自陶渊明《饮酒二十首·其五》:"结庐在人境,而无车马喧。"将春尽、雨来的时节变换,与一琴一书的雅趣结合,一旦关上房门,如同离开三界之外,表现出内心一旦空虚寂静,外界的时序之变,则对自己没有影响的理趣。又如《同王维集青龙寺昙壁上人兄院五韵》一诗:

本来清净所，竹树引幽阴。

檐外含山翠，人间出世心。

圆通无有象，圣境不能侵。

真是吾兄法，何妨友弟深。

天香自然会，灵异识钟音。

　　诗人身处青山翠绿、竹树幽阴的居所，生出了远离凡尘的出世之心。感受着圆通的境界，领略着圣境的高妙，闻天香，听钟音，这世外种种无疑对诗人有着极大的吸引力。

　　诗人之所以生出遁世归隐之心，这与其平生遭际是分不开的。王昌龄一生虽然未曾真正脱离尘世，然而在他艰难的求仕之路以及仕途遭遇百般不顺的情况下，他也时常希望自己能够从人生际遇的困顿中解脱出来，哪怕只是寻求到片刻的安宁。盛唐时期是政治开明、经济繁荣的时代，也是多元文化融合与发展的时代。儒、释、道思想并存，对当时的士人产生了深刻的影响。许多文人雅士在修习其中一派思想的同时，也会浸染到其他流派，例如李白，既有从政的愿望，也有学道的爱好，希望"申管、晏之谈，谋帝王之术"，而后则"功成谢人间，从此一投钓"。王维一生虔诚奉佛却未远离官场，可谓大隐隐于市。不过与李白醉心求仙问道和王维虔诚奉佛不同，王昌龄的思想虽然也受到儒、释、道三教的影响，但是影响的程度却是有限的。他虽然也参禅问道，但并不执迷；他虽有修齐治平的从政理想，但在受到现实的挫败后，便容易陷入彷徨、消沉的境地，转而寄希望于佛家、道家的思想来躲避尘世的羁绊和痛苦。如《送东林廉上人归庐山》：

石溪流已乱，苔径人渐微。

日暮东林下，山僧还独归。

常为庐峰意，况与远公违。

道性深寂寞，世情多是非。

会寻名山去，岂复望清辉。

　　在傍晚时分，诗人送别自己的僧友廉上人。在石溪纷流、苔径人稀的时刻，诗人不禁心生出皈依佛门的想法。世情往往纷乱不堪，令人劳心劳神，不如自己也遍寻名山，沐浴清辉，求得心中一片清宁寂静。

　　与此同时，王昌龄还以五古的形式，创作了不少咏史怀古的篇章，用以讽谏时事、借古喻今。例如《杂兴》：

握中铜匕首，粉锉楚山铁。

义士频报仇，杀人不曾缺。

可悲燕丹事，终被狼虎灭。

一举无两全，荆轲遂为血。

诚知匹夫勇，何取万人杰。

无道吞诸侯，坐见九州裂。

　　这是一首咏荆轲刺秦王的诗。诗人并未像世人一般对荆轲勇刺秦王的舍身精神表示颂扬，而是以自己独到的视角，从广阔的历史视野去品评此事。他认为荆轲刺秦王实际上是逞匹夫之勇，这种行为是以天下苍生为己任的万人杰所不取的。又如《咏史》：

> 苻秦至洛阳，胡马屯北门。
>
> 天下裂其土，豺狼满中原。
>
> 明夷方济世，敛翼黄埃昏。
>
> 披云见龙颜，始蒙国士恩。
>
> 位重谋亦深，所举无遗奔。
>
> 长策寄临终，东南未可吞。
>
> 贤智苟有时，贫贱何所论。
>
> 惟然嵩山老，而后知我言。

本篇吟咏十六国时期王猛之事。王猛少时贫贱，以卖畚箕为业。后桓温北伐，受到器重，署为军谋祭酒。桓温将还时，邀王猛一同南下，王猛认为追随桓温等于助其篡晋，于是隐居读书。后来王猛做了苻坚的谋士，历任中书侍郎，迁尚书左丞、京兆尹。他政绩卓著，一年中五次迁升，任职十八年，鞠躬尽瘁，励精图治。他去世后，追赠大将军、冀州牧，谥号为武。名列"唐朝武庙六十四将""宋朝武庙七十二将"。诗人便借歌咏王猛，表达了自己对功成名就的历史人物的仰慕之情。

总体而言，王昌龄的五古在内容上，包蕴深广，题材丰富；在风格特点上，或雄浑豪迈，或超逸放旷，或清新自然，或沉郁苍凉，他不仅在七绝上有极高的成就，同时也是名副其实的"五古名家"。

诗家夫子

王昌龄不仅在诗歌创作上拥有杰出的成就，同时他也是一位诗歌理论家。王昌龄收徒讲学、培养诗才，在诗歌创作的推广和普及上也作出了很大的贡献。在理论传授的同时，他还以诗为例，联系实际，这对于生徒来说，是很好的现实范例。

王昌龄收徒授诗的时间大概是在其谪宦江宁时，此时他早已诗名卓著，当时慕名求教的士子不在少数，于是诗人便接受拜求，开课讲学。元代辛文房《唐才子传》云："时称'诗家夫子王江宁'。"王昌龄讲授作诗之法及作诗的避忌等内容，见录于其所著《诗格》一书。《诗格》的成书时间约在天宝九载到十载（750-751），即王昌龄被贬至龙标这段时间。《诗格》既有对前代诗学理论的继承，也有对盛唐诗歌创作实践的总结，具有鲜明的时代特征。

《诗格》中记录诸多王昌龄关于诗的作法及对诗歌美学品格的探讨。王昌龄首次明确而完整地提出了"意境"这一诗学范畴。"诗有三境：一曰物境。欲为山水诗，则张泉石云峰之境，极丽绝秀者，神之于心。处身于境，视境于心，莹然掌中，然后用思，了然境象，故得形似。二曰情境。娱乐愁怨，皆张于意而处于身，然后驰思，深得其情。三曰意境。亦张之于意，而思之于心，则得其真矣。"王昌龄将诗境分为物境、情境、意境三层，并且探讨了它们各自不同的特征，将意境理论从佛学领域转移到诗歌领域。

王昌龄十分重视诗歌的立意，将"意"作为诗歌创作的核心。不仅注重"立意"，还注重"炼意"，"凝心以通物"，"养神以待兴"，诗人的身心所历才是诗歌产生的根源，没有身心所历便不能产生意、兴，没有意、兴便不能称其为诗。现代学者普遍认为，王昌龄已经准确地把握了诗歌创作的核心问题。

关于如何营造出诗歌的意境，王昌龄提出了"景与意相兼始好""景入理势""理入景势"等诗学观点。王昌龄在追求诗的美学品格上已经不是单纯地创造审美意象，而是追求一种融情于景、情景交融的境界，这在他的诗歌中有充分地体现。

王昌龄是盛唐时期唯一一位有诗学著作留存至今的诗人和诗论家。他的七绝与五古都有冠绝当世的水平，他提携后进、倾囊相授，是名副其实的诗家夫子。在一生孜孜以求的仕途上，他并未有所建树，还屡遭贬谪，但是在诗坛上，他的作品是不朽的。

王昌龄诗

巴陵送李十二 [1]

摇枻 [2] 巴陵洲渚分，清江传语便风 [3] 闻。

山长不见秋城色，日暮兼葭空水云。

◇**注释**

[1] 李十二：李白，当时李白漫游到湖南一带。

[2] 摇枻：摇桨。

[3] 便风：顺风。

◇**译文**

摇着木桨在巴陵水上与你分别，清澈的江水顺着风将我们的音信传送。

山高水远望不见城里的景色，傍晚时分，只有兼葭在空空的水中漂荡。

巴陵[1]别刘处士

刘生隐岳阳，心远洞庭水。

偃帆[2]入山郭，一宿楚云里。

竹映秋馆深，月寒江风起。

烟波桂阳[3]接，日夕数千里。

袅袅清夜猿，孤舟坐如此。

湘中有来雁，雨雪侯音旨[4]。

◇注释

[1] 巴陵：郡名，即岳阳。今湖南省岳阳县。

[2] 偃帆：收帆。

[3] 桂阳：唐郴州，隋时为桂阳郡。今湖南省郴州市。

[4] 音旨：音信。

刘处士在岳阳归隐，心胸旷远如同洞庭湖水。

他收起船帆进入山中，从此睡在楚山云雾中。

秋日竹林深掩着馆舍，冷月辉映着江上寒风。

洞庭烟波与桂阳相接，一日间便行船数千里。

清夜里猿啼声余音袅袅，身在孤舟中只见此景。

湘水上有鸿雁飞来，在雨雪中等待故人的音信。

悲哉行

勿听白头吟^[1]，人间易忧怨！

若非沧浪子^[2]，安得从所愿？

北上太行山^[3]，临风阅吹万^[4]。

长云数千里，倏忽^[5]还肤寸^[6]；

观其微灭时，精意^[7]莫能论。

百年^[8]不容息^[9]，是处生意^[10]蔓。

始悟海上人^[11]，辞君永飞遁^[12]。

◇**注释**

[1] 白头吟：乐府楚调曲名。《西京杂记》："司马相如将聘茂陵人女为妾，卓文君作《白头吟》以自绝，相如乃止。"南朝宋鲍照"直如朱丝绳"、南朝陈张正见"平生怀直道"，唐李白"古来得意不相负，只今惟见青陵台"、张籍"春天百草秋始衰，弃我不待白头时"等诗都题作《白头吟》。

[2] 沧浪子：指隐居遁世之人。《楚辞·渔父》："渔父莞尔而笑，鼓枻而去。

乃歌曰：'沧浪之水清兮，可以濯吾缨；沧浪之水浊兮，可以濯吾足。'"

[3] 太行山：即今山西、河南、河北三省边境处的太行山脉。

[4] 吹万：风吹到万物之上。《庄子·齐物论》："子游曰：'地籁则众窍是已，人籁则比竹是已，敢问天籁？'子綦曰：'夫吹万不同，而使其自己也。咸其自取，怒者其谁邪！'"

[5] 倏忽：疾速，时间非常短。

[6] 肤寸：古长度单位，以一指宽为一寸，四指宽为一肤。这里指极小之长度。

[7] 精意：精微玄妙的意蕴。

[8] 百年：一辈子。

[9] 息：一次呼吸。

[10] 生意：生机活力。

[11] 海上人：指仙人安期生。《列仙传》："安期生者，琅琊阜乡人也。卖药于东海边，时人皆言千岁翁。秦始皇东游请见，与语三日三夜，赐金璧，度数千万，出于阜乡亭，皆置去。"

[12] 飞遁：肥遁，超然退隐。《周易·遁》："上九，肥遁，无不利。"

◇译文

不要听《白头吟》曲，容易生忧愁怨恨！

如果不是避世隐居的人，哪能事事如愿？

向北登上太行山，看着风吹过世间万物。

天上云绵延千里，一瞬间就消失无影踪。

看云彩的变化万端，精微意蕴难以言说。

人生百年转瞬即逝，到处生机渐渐消颓。

这才了悟海上仙人，告别君王永避尘世。

变行路难^[1]

向晚横吹^[2]悲，风动马嘶合^[3]。

前驱^[4]引旌节，千里阵云币^[5]。

单于下阴山，砂砾空飒飒^[6]。

封侯取一战，岂复念闺阁^[7]！

◇注释

[1] 行路难：乐府旧题，属《杂曲歌辞》。

[2] 横吹：乐府歌曲名。一说是指横吹的笛子，即横笛，又名短箫。

[3] 马嘶合：马嘶声连成一片。

[4] 前驱：指前锋、前军。

[5] 币：匝，围绕。

[6] 飒飒：风吹的声音。

[7] 闺阁：妻室。

◇译文

傍晚时分旷野中响起悲凉的笛声，战马的嘶鸣声在风中连成一片。

先遣军队手执战旗在前方开路，远处近处的云层堆积，绵延千里。

匈奴首领率领部队已越过阴山，风刮过地面的沙砾发出飒飒之声。

建功立业就取决于这一战了，此时此刻，哪里还会以家室为念呢！

别陶副使归南海

南越[1]归人梦海楼，广陵[2]新月海亭秋。

宝刀留赠长相忆，当取戈船[3]万户侯。

◇注释

　　[1] 南越：南越国，包括今广东、广西两省区的大部分地区。此代指南海郡，今广东广西一带。

　　[2] 广陵：扬州，古称广陵郡。

　　[3] 戈船：古代安装戈戟的战船。

◇译文

　　南越的归客在梦中看见海楼，扬州城的秋月照着海亭。

　　宝刀赠给故人留作纪念，这是当年你建功立业的见证。

别辛渐

别馆萧条风雨寒，扁舟月色渡江看。

酒酣不识关西[1]道，却望[2]春江云尚残。

◇注释

　[1] 关西：潼关以西。

　[2] 却望：回头看。

◇译文

　别馆在萧条风雨中带着寒意，我在江上的一叶扁舟中欣赏着月色。

　酒意浓时已经分不清关西道路，回头看春江之上还有片片残云。

别李浦之京 [1]

故园今在灞陵西 [2]，江畔逢君醉不迷。

小弟邻庄尚渔猎，一封书寄数行啼。

◇注释

[1] 之京：到京城去。

[2] 灞陵西：灞上，作者故居所在地。灞陵，古地名，本作霸陵，是汉孝文帝和窦太后合葬陵寝，旧址在今陕西省西安市东。

◇译文

我的故乡在灞陵的西边，如今在江畔遇见你，虽然喝醉却还没有迷糊。

小弟在邻庄打鱼打猎，托你带去一封书信，字字句句都是我的泪啊。

别皇甫五

溆浦潭阳隔楚山，离尊不用起愁颜。

明祠[1] 灵响[2] 期昭应[3]，天泽俱从此路还。

◇**注释**

[1] 明祠：神明之祠。

[2] 灵响：灵异应验如响。

[3] 昭应：应验。

◇**译文**

溆浦与潭阳相隔着楚山，你我饮下离别之酒就不用太过伤感。

神祠有灵响之时愿望应验，我便受天子恩泽从此踏上归途。

采莲曲二首·选一

荷叶罗裙一色裁，芙蓉向脸两边开。

乱入池中看不见，闻歌始觉有人来。

◇译文

荷叶与罗裙都是一种颜色，采莲女的脸颊如同芙蓉花。

莲舟进入莲花池中看不见，听到采莲曲才知道有人来。

长信^[1]秋词五首·选二

其一

金井^[2]梧桐秋叶黄，珠帘不卷夜来霜。

熏笼^[3]玉枕无颜色，卧听南宫^[4]清漏长。

◇注释

[1] 长信：长信宫。汉代嫔妃班婕妤所住的宫殿。

[2] 金井：饰有雕栏的井。

[3] 熏笼：罩在熏炉上的笼子。

[4] 南宫：皇帝的居所。

◇译文

井栏边的梧桐秋叶已经泛黄，宫中珠帘未卷，夜里又降寒霜。

熏笼玉枕都失却颜色，她卧在床上，听南宫的更漏滴到天明。

其二

奉帚[1]平明金殿开，且将团扇共徘徊。

玉颜不及寒鸦色，犹带昭阳日影[2]来。

◇注释

[1] 奉帚：执帚扫除。

[2] 日影：比喻君王恩宠。

◇译文

天亮时执帚洒扫，殿门缓缓打开，暂且拿着团扇与它一同徘徊。

花容月貌都不及寒鸦的颜色，它尚且带着昭阳殿中的日影飞来。

长歌行

旷野饶悲风，飕飕黄蒿草。

系马倚白杨，谁知我怀抱。

所是[1]同袍者，相逢尽衰老。

况登汉家陵，南望长安道。

下有枯树根，上有鼯鼠[2]窠。

高皇[3]子孙尽，千载无人过。

宝玉[4]频发掘，精灵[5]其奈何？

人生须达命，有酒且长歌。

◇注释

[1] 所是：凡是。

[2] 鼯鼠：哺乳动物，形似松鼠，能从树上滑翔下降。

[3] 高皇：汉高祖刘邦。

[4] 宝玉：指汉帝陵墓中的宝藏。

[5] 精灵：鬼魂。

◇译文

旷野上北风呼啸，飕飕吹黄了遍地蒿草。

将马匹系在白杨树下，谁人知晓我心中的抱负。

凡是当初一同从军的战友，如今相逢都已衰老。

登上汉家陵阙，向南望着长安的路。

陵墓下有枯树根，上有鼯鼠筑的窝。

高祖的子孙都已经无处可寻了，这里千百年没有人路过。

墓穴中的宝藏被频频挖掘，鬼魂们能拿他们怎样？

人生需要乐天知命，只要有酒就边饮边放歌。

次汝中 [1] 寄河南陈赞府 [2]

汝山方联延，伊水才明灭。

遥见入楚云，又此空馆月。

纷然驰梦想，不谓远离别。

京邑 [3] 多欢娱，衡湘 [4] 暂沿越。

明湖春草遍，秋桂白花发。

岂惟长思君，日夕在魏阙 [5]。

◇注释

[1] 汝中：汝水中游，指今河南省临汝一带。

[2] 赞府：县丞。

[3] 京邑：这里指汜水县。汜水属东都之畿县，故称京邑。

[4] 衡湘：衡山及湘水，在今湖南省境内。

[5] 魏阙：朝廷的代称。本指古代宫门上高出的楼观。

汝山连绵不绝，伊水明明灭灭。

遥见你去了楚地，我在空空的馆舍中望着明月。

忽然间在梦中飞奔向你，不再言说远离之苦。

回想在京邑时的欢愉，姑且顺着衡水湘水直下。

洞庭湖清明澄澈春草开遍，秋天桂树盛开白花。

我何止是长久地思念你，我的心朝朝暮暮都在宫廷中。

重别李评事 [1]

莫道秋江离别难，舟船明日是长安。

吴姬 [2] 缓舞留君醉，随意青枫白露寒。

◇注释

[1] 评事：唐代官职名，掌出使推按。

[2] 吴姬：吴地的歌姬。

◇译文

不要说在秋江上别情依依，舟船明日便到了长安。

吴姬轻歌曼舞，请君尽情欢醉，莫要管青枫白露，夜深寒冷。

初　日

初日净金闺，先照床前暖。

斜光入罗幕，稍稍亲丝管[1]。

云发不能梳，杨花更吹满。

◇注释

[1] 丝管：丝竹和管弦。

◇译文

朝阳照进了闺房，让床前变得暖和。

斜照进罗幕之中，又与丝管稍稍亲近。

一头乌发不能梳，因为杨花落满了头。

出塞二首

其一

秦时明月汉时关，万里长征人未还。

但使龙城[1]飞将[2]在，不教胡马[3]度阴山。

◇注释

[1] 龙城：指奇袭龙城的名将卫青。

[2] 飞将：指"飞将军"李广。

[3] 胡马：入侵中原的外族骑兵队伍。

◇译文

从秦汉到如今，明月依旧照着边关，从军万里的将士们仍旧没有归来。

如果当初抗击匈奴的将士们还活着，肯定不会让外族的骑兵度过阴山。

其二

骝马^[1]新跨白玉鞍，战罢沙场月色寒。

城头铁鼓声犹振，匣里金刀血未干。

◇注释

[1] 骝马：红身黑尾的良马。

◇译文

战马佩戴上新的白玉马鞍，一场战斗结束，沙场上月色寒冷。

城头的战鼓声仍然响振天际，宝匣中金刀上的血迹还未干透。

春　怨

音书杜绝白狼[1]西，桃李无颜黄鸟啼。

寒雁春深归去尽，出门肠断草萋萋。

◇注释

[1] 白狼：水名，今辽宁省的大凌河。

◇译文

白狼河西畔再无消息传来，春天已来到，桃李却失去颜色，只听得黄莺声声地啼鸣。

春将归去时大雁已经飞尽，断肠人出门，只望见萋萋芳草。

春宫怨

昨夜风开露井[1]桃，未央前殿月轮高。

平阳歌舞[2]新承宠，帘外春寒赐锦袍。

◇注释

[1] 露井：没有盖子的井。

[2] 平阳歌舞：指平阳公主家中的歌女。

◇译文

昨夜的东风吹开了露井边的桃花，未央宫前一轮明月高高悬在天上。

平阳公主家的歌女受到皇上的恩宠，因帘外春寒便被赐予一件锦袍。

从军行二首·选一

向夕临大荒[1]，朔风轸归虑[2]。

平沙万里余，飞鸟宿何处？

虏骑猎长原，翩翩傍河去。

边声[3]摇白草，海气生黄雾。

百战苦风尘，十年履霜露。

虽投定远笔[4]，未坐将军树[5]。

早知行路难，悔不理章句[6]！

◇注释

[1] 大荒：边境的原野。

[2] 轸归虑：思归之念令人心痛。轸，痛。

[3] 边声：北方边塞特有的声响，风声、马嘶声、号角声、胡笳声等混合在一起。

[4] 定远笔：东汉班超曾经投笔从戎。定远，定远侯班超。

[5] 将军树：指建立功勋。《后汉书·冯异传》载：刘秀的部将冯异"为人谦退不伐……每所止舍，诸将并坐论功，异常独屏树下，军中号曰'大树将军'"。

[6] 章句：划分章节句读并加以分析解释，这里指代经书。

◇译文

傍晚时来到荒野之中，北风使人思归之心更痛。

茫茫的沙海万里无际，飞鸟今夜将在何处休憩？

敌人的骑兵在原野上游荡，浩浩荡荡沿着河岸离去。

边塞的声箱摇动着白草，湖上的雾气蒸腾四起。

将士们身经百战沐浴风尘，十年征程霜风雪雨。

虽然定远侯班超投笔从戎，但也未能建立功勋。

早知建立功勋如此艰难，后悔当初没有苦读经书考取功名！

从军行七首·选三

其二

琵琶起舞换新声，总是关山旧别情。

撩乱边愁听不尽，高高秋月照长城。

◇译文

随着舞蹈的变换琵琶也换了新曲调，但弹奏出的仍旧是旧时的离别之情。

曲中纷乱的边塞之愁听起来没完没了，不觉中秋月已经当空照耀着长城。

其四

青海长云暗雪山，孤城遥望玉门关。

黄沙百战穿金甲，不破楼兰 [1] 终不还。

◇注释

[1] 楼兰：汉时西域诸国之一，曾经和汉作战。唐时已不存在。

◇译文

青海上空的层云遮住了雪山的日光，远远望去那座孤城就是玉门关。

连年征战使得将士们的铠甲已经破损，不消灭敌人他们誓不回故乡。

其七

玉门山嶂几千重，山北山南总是烽[1]。

人依远戍须看火，马踏深山不见踪。

◇注释

[1] 烽：烽火，烽烟。

◇译文

玉门关山峦重重叠叠，山北山南到处是烽烟。

在远处要看手中火把才能识人，战马踏入深山中便不见了踪影。

从军行

大将军出战，白日暗榆关^[1]。

三面黄金甲，单于破胆还。

◇注释

[1] 榆关：一名渝关，今山海关。

◇译文

大将军领兵出征，千军万马使榆关黑压压一片。

他身着三面黄金战甲，使得单于吓破胆而败逃。

答武陵^[1]田太守

仗剑行千里，微躯敢一言：

曾为大梁客^[2]，不负信陵^[3]恩。

◇**注释**

[1] 武陵：朗州武陵郡，今湖南省常德市。

[2] 大梁客：战国时期魏国人侯嬴，曾在信陵君处做门客，为之提供窃符救赵的计策。

[3] 信陵：信陵君，战国时魏安釐王异母弟，名无忌，好养门客，这里喻指田太守。

◇**译文**

我已仗剑行遍千里，如今贱躯一条敢以直言：

我就像侯嬴一样，绝不会辜负信陵君的恩情。

大梁[1] 途中作

快快[2]步长道，客行渺无端[3]。

郊原欲下雪，天地棱棱[4]寒。

当时[5]每酤醉，不觉行路难；

今日无酒钱，凄惶向谁叹！

◇注释

[1] 大梁：今河南省开封市境内。

[2] 快快：不快乐，心情抑郁的样子。

[3] 无端：无边无际，没有尽头。

[4] 棱棱：严寒貌。

[5] 当时：平时，平日。

◇注释

郁郁不快地走在长长的道路上，这条路漫漫无际望不到尽头。

郊野之上天快要下雪了，天地一片凄寒刺骨。

平日里我常常酩酊大醉，不知道前路的艰辛。

今连买酒钱也没有了，心中的凄苦能向谁诉说！

代扶风[1]主人答

杀气[2]凝不流，风悲日彩寒。

浮埃起四远，游子弥不欢。

依然宿扶风，沽酒聊自宽。

寸心亦未理，长铗谁能弹[3]。

主人就[4]我饮，对我还慨叹。

便泣数行泪，因歌行路难。

十五役边地，三回讨楼兰。

连年不解甲，积日[5]无所餐。

将军降匈奴，国使没桑乾[6]。

去时三十万，独自还长安。

不信沙场苦，君看刀箭瘢[7]。

乡亲悉零落，冢墓亦摧残。

仰攀青松枝，恸绝伤心肝。

禽兽悲不去，路旁谁忍看！

幸逢休明[8]代，寰宇静波澜。

老马思伏枥[9]，长鸣力已殚。

少年[10]与运会，何事发悲端。

天子初封禅[11]，贤良刷羽翰[12]。

三边悉如此，否泰[13]亦须观。

◇**注释**

[1] 扶风：唐岐州扶风郡。

[2] 杀气：指秋天的肃杀之气。

[3] "长铗"句：典出《战国策·齐策四》，孟尝君的门客冯谖常弹铗而歌，以此吸引孟尝君的注意。这里抒写诗人思绪纷乱，久客不归的感慨。

[4] 就：靠近。

[5] 积日：累日，连日。

[6] 桑乾：水名，在今河北省西北部和山西省北部。

[7] 瘢：伤痕。

[8] 休明：政治清明。

[9] "老马"句：语出曹操《步出夏门行》："老骥伏枥，志在千里。烈士暮年，壮心不已。"这里反用其意。

[10] 少年：指诗人。

[11] 封禅：古代帝王到泰山举行的祭祀大典，以彰万世基业。

[12] 刷羽翰：指奋飞得志。翰，长而硬的鸟羽。

[13] 否泰：否和泰是《易经》中的两个卦名，天地交而万物通为泰；天地不交而万物不通为否。常用以表示时运的变迁。

◇译文

肃杀之气使空气凝固，悲风四起，落日的光辉也笼罩着寒意。

四周的空气中弥漫着浮尘，使得路上的游子心情更加的抑郁。

我同往常一样留宿在扶风，无事可做只有沽酒买醉聊以自慰。

心中的繁杂愁绪难以排解，不禁发出"长铗归来乎"的感叹。

扶风主人和我一起举杯饮酒，对着我不禁流露出许多慨叹。

说着便流下了许多泪水，接着又唱出令人悲切的《行路难》。

我从十五岁时就去边境当兵，曾经多次参加讨伐异族的战争。

作战紧张时，连年不曾脱下盔甲，常常一连几天都吃不上饭。

在那次战役中，将军被迫投降，朝廷派出的使节也投河自尽。

当时出征的有三十万军人，而今只有我一人活着回到了长安。

你要是不相信沙场征战的艰苦，请你看看我身上刀箭的伤痕。

乡亲们如今全都四处分散，祖上的坟墓饱受摧残，破败不堪。

面对此情此景不禁拉住松枝仰头痛哭，撕心裂肺，摧绝心肝。

禽兽们见此景也不忍离去，过路的人都不忍看这悲戚的情景。

幸而赶上现在这样一个政治清明的时代，天下一片祥和安宁。

我虽然还想为国效力，无奈已经年老力竭，希望能得到修养。

你如今正赶上这样好的时运，又是因为何事感到郁郁寡欢呢？

当今皇上刚刚举行封禅大典，是贤良之才发挥才能的好时机。

现在边境地区的情况都是如此，你要好好把握自己的时运啊。

段宥厅孤桐

凤凰所宿处，月映孤桐寒。

槁叶[1]零落尽，空柯[2]苍翠残。

虚心[3]谁能见，直影非无端[4]。

响发调恒苦，清商[5]劳一弹。

◇注释

[1] 槁叶：枯叶，落叶。

[2] 柯：树枝。

[3] 虚心：空心。这里指作者自己虚怀若谷的心胸。

[4] 端：原因。

[5] 清商：《清商曲》，分为《吴声歌》《神弦歌》《西曲歌》《江南弄》《上云乐》等，属雅乐。

◇译文

凤凰栖息的地方，冷月映照着梧桐。

枯叶已经零落殆尽，空枝上只剩下一点翠色。

它的虚心谁能看见，它笔直的影子不是无来由的。

如果能够制成琴瑟，有劳君子弹奏一曲《清商》。

放歌行

南渡洛阳津[1]，西望十二楼[2]。

明堂[3]坐天子，月朔[4]朝诸侯。

清乐[5]动千门，皇风[6]被[7]九州。

庆云[8]从东来，泱漭[9]抱日流。

升平贵论道，文墨将何求？

有诏征草泽，微诚将献谋。

冠冕[10]如星罗，拜揖曹与周[11]。

望尘非吾事，入赋且迟留。

幸蒙国士识，因脱负薪裘。

今者放歌行，以慰梁甫[12]愁。

但营数斗禄，奉养母丰羞。

若得金膏[13]遂，飞云[14]亦可俦。

◇**注释**

　[1]津：渡口。

059

[2] 十二楼：仙人居住的地方，这里代指皇宫。

[3] 明堂：明政教之堂。这里指皇帝所临之正殿。

[4] 月朔：阴历每月初一。

[5] 清乐：清商乐，古代民间音乐。

[6] 皇风：天子的教化，德泽。

[7] 被，同"披"，遍布。

[8] 庆云：又作卿云、景云，古人以为祥瑞之兆，太平时才出现。

[9] 泱漭：广大的样子。

[10] 冠冕：仕宦之人。

[11] 曹与周：汉丞相曹参与太尉周勃，这里指当朝的文武大臣。

[12] 梁甫：《梁甫吟》，《三国志·蜀书·诸葛亮传》："亮躬耕陇亩，好为《梁甫吟》。"

[13] 金膏：仙药。

[14] 飞云：凌云飞升。

◇译文

向南渡过洛水的渡口，向西看见了天子的皇宫。

天子坐在政教之堂上，每月初一朝见诸侯。

清商乐音飘满宫门，天子的教化遍布九州。

祥云从东边飘来，与太阳一同高升。

天下太平重在文治，文章诗赋要如何得到？

天子下令向全国征召，就是一介草民也贡献着自己的智慧。

一时间仕宦之人如同星罗棋布，纷纷走上了将相之位。

趋附权贵并不是我的志向，我的文章迟迟没有进献上去。

有幸得到了国士的赏识，使我摆脱了穷困的草莽生活。

如今我放歌而行，以告慰当初吟咏《梁甫吟》时的愁苦日子。

虽然只是获得了数斗的俸禄，也足以赡养我的老母亲。

如若有朝一日得到了金膏仙药，或许凌云飞升也将成为可能。

芙蓉楼[1]送辛渐二首

其一

寒雨连江夜入吴，平明[2]送客楚山[3]孤。

洛阳亲友如相问，一片冰心[4]在玉壶。

◇注释

[1] 芙蓉楼：原址在今江苏省镇江市西北。

[2] 平明：早晨，清晨。

[3] 楚山：春秋时期楚国位于长江中下游一带，楚地附近的山就被称作楚山。

[4] 冰心：纯洁赤诚之心。

◇译文

冷雨在深夜落洒在吴地江天，早晨我送别友人，孤身一人面对着楚山。

洛阳的亲朋好友如果问起我，就说我的心仍旧如在玉壶之中一般剔透。

其二

丹阳^[1]城东秋海深，丹阳城北楚云阴。

高楼送客不能醉，寂寂寒江明月心。

◇**注释**

[1] 丹阳：唐代润州丹阳郡，故址在今江苏省镇江市东部。

◇**译文**

丹阳城东秋海深深，丹阳城北阴云密布。

在芙蓉楼上送别友人怎能喝醉，那寂静寒江上的明月就如同我的心。

甘泉 [1] 歌

乘舆执玉已登坛，细草沾衣春殿寒。

昨夜云生拜初月，万年甘露水晶盘 [2]。

◇注释

[1] 甘泉：汉宫名。

[2] 水晶盘：汉武帝曾作铜仙人承露盘，收集甘露，和玉屑饮之，以求成仙。

◇译文

乘坐车辇手执玉版登上神坛，细草打湿了衣摆，大殿内弥漫着春寒。

昨夜云彩初生时祭拜新月，手中的水晶盘中盛放着万年凝结的甘露。

缑氏^[1]尉沈兴宗置酒南溪留赠

林色与溪古，深篁^[2]引幽翠。

山樽^[3]在渔舟，棹月情已醉。

始穷清源口，壑绝人境异。

春泉滴空崖，萌草坼阴地。

久之风榛寂，远闻樵声至。

海雁时独飞，永然沧洲意。

古时青冥客^[4]，灭迹^[5]沦一尉。

吾子^[6]踌躇心，岂其纷埃事。

缑岑^[7]信所克^[8]，济北^[9]余乃遂。

齐物意已会，息肩^[10]理犹未。

卷舒形性表，脱略贤哲议。

仲月^[11]期角巾，饭僧嵩阳寺。

◇注释

[1] 缑（gōu）氏：河南府县名。

缑氏[1]尉沈兴宗置酒南溪留赠

林色与溪古，深篁[2]引幽翠。

山樽[3]在渔舟，棹月情已醉。

始穷清源口，壑绝人境异。

春泉滴空崖，萌草坼阴地。

久之风榛寂，远闻樵声至。

海雁时独飞，永然沧洲意。

古时青冥客[4]，灭迹[5]沦一尉。

吾子[6]踌躇心，岂其纷埃事。

缑岑[7]信所克[8]，济北[9]余乃遂。

齐物意已会，息肩[10]理犹未。

卷舒形性表，脱略贤哲议。

仲月[11]期角巾，饭僧嵩阳寺。

◇注释

[1] 缑（gōu）氏：河南府县名。

[2] 篁：竹林。

[3] 山樽：山中人用竹节、葫芦等做的酒具。

[4] 青冥客：地位显要或有远大前程的人。

[5] 灭迹：隐逸，遁世。

[6] 吾子：指沈兴宗。

[7] 缑岑：在缑氏县东南二十九里，相传是王子乔成仙之地。

[8] 克：必然。

[9] 济北：用张良圯下拾履的典故。《史记·留侯世家》："黄约曰：'十三年孺子见我济北，谷城山下黄石即我矣。'"

[10] 息肩：卸去负担。

[11] 仲月：每季的第二个月。

◇译文

山林之中溪涧古老，竹林深杳景色苍翠清幽。

在渔船上举起酒杯对饮，月光下泛舟令人陶醉。

一直行到水流的源头，山壑奇绝景色与人间迥然。

泉水滴落空崖发出声响，新发的花草使这里一片绽然。

过了很久风儿渐渐平静，远处传来樵夫砍柴的声音。

天空时有海雁独自飞过，使人悠然生出归隐之心。

古代那些有抱负的志士，沦落为一尉后便去隐遁。

你行事一向潇洒从容，难道还摆脱不了这纷乱埃尘。

你在缑山成仙势所必然，到济北我的心愿也了却。

万物同一之理已经领悟，息肩之道尚未完全了然。

仕进或隐退都随心而定，毋庸记挂古代贤哲们的议论。

每到仲月我都期待你的到来，那时我们一起到嵩阳寺吃斋念佛。

古　意

桃花四面发，桃叶一枝开。

欲暮黄鹂啭，伤心玉镜台[1]。

清筝向明月，半夜春风来。

◇注释

[1] 玉镜台：《世说新语·假谲》载，温峤姑有女，嘱峤觅婿。峤曰："佳婿难得，
但如峤比云何？"姑诺，少日报云已觅得婚处，因下玉镜台一枚。姑大喜，既婚交礼，
始知新婿即峤也，女大笑曰："我固疑是老奴。"

◇译文

桃花向四面绽放，桃树叶在一枝上生发。

天色晚了，听见黄鹂鸟儿鸣叫，只有伤心地对着妆台。

对着明月弹奏起古筝，谁知半夜才有春风吹来。

观 猎

角鹰初下秋草稀，铁骢抛鞚[1]去如飞。

少年猎得平原兔，马后横捎意气归。

◇**注释**

[1] 抛鞚：放松马缰绳。

◇**译文**

秋天草木稀疏角鹰初飞，放下缰绳乘上骏马疾驰如飞。

少年猎中了一只平原兔，横放在马后意气风发地归来。

闺　怨

闺中少妇不知愁，春日凝妆^[1]上翠楼。

忽见陌头^[2]杨柳色，悔教夫婿觅封侯。

◇注释

[1] 凝妆：盛妆打扮。

[2] 陌头：路旁。

◇译文

闺中的少妇不知道什么是忧愁，春天盛装打扮登上翠楼。

忽然看见路旁的青青杨柳，悔不该让夫婿从军求取功名。

过华阴

云起太华山[1]，云山互明灭。

东峰始含景[2]，了了见松雪。

羁人感幽栖，窅[3]映转奇绝。

欣然忘所疲，永望吟不辍。

信宿[4]百余里，出关[5]玩新月。

何意昨来心，遇物遂迁别。

人生屡如此，何以肆愉悦。

◇注释

[1] 太华山：华山，今陕西省华阴市南。

[2] 景：同"影"，日光。

[3] 窅：深邃的样子。

[4] 信宿：连宿两夜。

[5] 关：潼关。

◇译文

　　云彩从华山冉冉升起，云与山相互掩映时明时暗。

　　日光照亮了东面山峰，阳光下松树与白雪层次分明。

　　羁旅之人向往清幽的居处，深邃向前变幻奇绝景色。

　　我内心愉悦忘记了疲惫，久久眺望不停地吟咏诗句。

　　两天连着奔波百余里路，走出关隘望见了新月升起。

　　哪里想到昨夜的心情已经变了，因为遇见了好风景。

　　人生在世便是常常如此，应该如何才能尽情欢愉呢？

寒食^[1]即事

晋阳寒食地，风俗旧来传^[2]。

雨灭龙蛇火^[3]，春生鸿雁天。

泣多流水涨，歌发舞云旋。

西见之推庙^[4]，空为人所怜。

◇注释

[1] 寒食：古代节令名，在清明前一两天。

[2] "晋阳"二句：晋阳之地自古有寒食节禁火的习俗。晋阳，唐并州治所，今山西省太原市。

[3] 龙蛇火：寒食节灶火。

[4] 之推庙：晋阳旧有介子推祠。之推，即介子推。晋文公重耳封赏当初跟随他流亡的人，却独忘记了介子推。介子推与母亲隐居绵山，晋文公为了使其出山，便放火烧山，最终介子推与母亲抱树而死。为了纪念介子推，晋文公于是下令在这一天不生火，这便是寒食节的由来。

◇译文

晋阳这个地方，自古以来就有寒食的风俗。

大雨浇灭了灶火，鸿雁飞来，便是春天到了。

泪水太多使河流涨水，歌声飞扬使云彩飞舞。

向西望见了介子推庙，他的遭遇令人怜惜。

邯郸少年行

秋风鸣桑条，草白狐兔骄。

邯郸饮来酒未消，城北原平掣皂雕[1]。

射杀空营两腾虎[2]，回身却月[3]佩弓弰[4]。

◇注释

    [1] 皂雕：鹰似雕而大，黑色，俗称皂雕。

    [2] "射杀"句：用李广射虎的典故。

    [3] 却月：半圆之月。

    [4] 弓弰：装弓的袋子。

◇译文

    秋风吹得桑树枝条哗哗作响，白草之上有嬉闹的狐狸兔子。

    在邯郸城里饮酒，醉意未消，又在城北的平原上手擎着皂雕。

    射杀了空营中两只腾跃的虎，回身背上装弓的袋子。

和振上人秋夜怀士会

白露伤草木，山风吹夜寒。

遥林梦亲友，高兴[1]发云端。

郭外秋声急，城边月色残。

瑶琴多远思，更为客中弹。

◇注释

[1] 高兴：高雅的兴致。

◇译文

秋夜的白露使草木衰败，山风吹得夜晚更加寒凉。

在梦中怀念身在远方的亲友，高雅的兴致忽然冲上云端。

城郭外有迅疾的飒飒秋声，城边笼罩在残月的光辉下。

瑶琴之声使人生出遥远的情思，是为我们这些羁旅之客而演奏。

河上老人歌

河上老人坐古槎[1]，合丹[2]只用青莲花。

至今八十如四十，口道沧溟[3]是我家。

◇注释

[1] 槎（chá）：木筏。

[2] 合丹：调制丹药。

[3] 沧溟：苍天和大海。

◇译文

河上有一个老人坐在古船上，他调制丹药只用青莲花。

如今他八十岁看起来像四十岁一样，他说他的家在苍天和大海上。

胡笳曲

城南虏已合[1]，一夜几重围。

自有金笳[2] 引[3]，能沾出塞衣。

听临关月苦，清入海风微。

三奏高楼晓，胡人掩涕归[4]。

◇注释

[1] 合：两军会合。

[2] 金笳：胡笳，古管乐器，自西域传入中国。

[3] 引：曲。

[4] "三奏"二句：此二句典出《世说新语·雅量》："刘琨为并州刺史，胡骑围之数重。琨夕乘月登楼清啸，贼闻之凄然长叹；中夜奏胡笳，贼皆流涕，人有怀土之思；向晚又吹之，贼并弃围奔走。"

◇译文

城南边的胡人军队已经会合，一夜之间便将城池重重包围。

将士们吹奏起金笳曲，曲中情意仿佛渗透了出塞的衣裳。

在曲中听到了边境出塞的凄苦，曲声随着微微海风渗入心田。

多次登上高楼奏曲到天明，胡人听到此曲也禁不住掩泪而归。

浣纱女

钱塘江畔是谁家，江上女儿全胜花。

吴王[1]在时不得出，今日公然来浣纱。

◇注释

[1] 吴王：指夫差。

◇译文

钱塘江畔是谁的家，江上的女子个个人比花娇。

当年吴王在时她们不能出宫，如今她们公然出来浣纱。

击磬老人

双峰^[1]褐衣^[2]久，一磬白眉长。

谁识野人^[3]意，徒看春草芳。

◇注释

[1] 双峰：佛寺名。

[2] 褐衣：粗布衣裳。

[3] 野人：山野之人。

◇译文

老人一袭粗布衣裳已穿了很久，他敲击的钟磬形状如同他的白眉毛一样长。

谁能知晓山野之人的心意呢，世人只知道春草芬芳。

寄穆侍御出幽州

一从恩谴度潇湘，塞北江南万里长。

莫道蓟门书信少，雁飞犹得到衡阳。

◇译文

得到圣恩的调遣我度过潇湘之水，塞北距江南有万里之遥。

不要说蓟门来的书信太少，鸿雁难得飞到衡阳。

江上闻笛

横笛怨江月，扁舟何处寻。

声长楚山外，曲绕胡关深。

相去万余里，遥传此夜心。

寥寥浦溆[1]寒，响尽惟幽林。

不知谁家子，复奏邯郸音[2]。

水客[3]皆拥棹，空霜遂盈襟。

羸马[4]望北走，迁人悲越吟。

何当边草白，旌节[5]陇城阴。

◇注释

[1] 浦溆：水边。

[2] 邯郸音：邯郸曲，古代赵国都城流行的舞曲。

[3] 水客：船夫。

[4] 羸马：瘦马。

[5] 旌节：仪仗。

◇译文

江上忽然传来一阵幽怨的笛声，月下一叶扁舟何处去寻。

笛声悠长地回荡在楚山之外，曲声深深环绕着胡关边城。

与故乡相隔千万里，在这个深夜，带去我的一片乡情。

空阔的水边令人感到凄寒，一曲终了只看见幽幽深林。

不知道是谁家的男子，又弹奏起了邯郸曲。

船夫们听了奋力划桨，秋霜飞降落满衣襟。

瘦弱的马向北走，被贬之人闻笛更加伤心。

何况边地的草木已经衰白，节度使的仪仗遮住了陇城。

静法师东斋

筑室在人境[1]，遂得真隐情。

春尽草木变，雨来池馆清。

琴书全雅道[2]，视听已无生。

闭户脱三界[3]，白云自虚盈[4]。

◇注释

[1] "筑室"句：典出陶渊明《饮酒二十首·其五》："结庐在人境，而无车马喧"。人境，人间。

[2] 雅道：儒雅之事。

[3] 三界：《自誓三昧经》："一欲界，二色界，三无色界。"

[4] 虚盈：世界的千变万化。

◇译文

在人间建造一间小屋，于是得到了真正的归隐之趣。

春天走了，草木枯黄，下雨了，馆阁池水变得清澈。

弹琴读书都是风雅之事，所见所听都已无人间尘俗。

关上房门如同离开三界，世事如何变迁都与我无关。

就道士问周易参同契 [1]

仙人骑白鹿，发短耳何长。

时余采菖蒲 [2]，忽见嵩 [3] 之阳。

稽首求丹经 [4]，乃出怀中方。

披读了不悟，归来问嵇康 [5]。

嗟余无道骨，发 [6] 我入太行。

◇注释

[1] 参同契：道书名。

[2] 菖蒲：多年生草本植物，生于水滨。道家传说服之可延年。

[3] 嵩：中岳嵩山，在今河南省登封市。

[4] 丹经：炼丹之书。《神仙传》："于是八公乃诣王，授《丹经》及三十六水方。"

[5] "披读"二句：《神仙传》载，王烈入河东抱犊山中，见一石室，室中有一白石架，架上有两卷素书。王烈取读，不能尽识其文字。于是暗书得数十字形体，归来以示嵇康。嵇康尽识其字。

[6] 发：启发，指引。

仙人骑着白鹿经过，他头发很短，双耳却很长。

那时我正在山中采菖蒲，忽然看见了嵩山之南。

我立刻跪求仙人赐我炼丹之书，仙人于是从怀中拿出仙方。

我读过了却不能完全理解，只有归来询问嵇康。

仙人感叹我没有仙风道骨，指引我去太行山修行。

客广陵

楼头广陵近，九月在南徐^[1]。

秋色明海县^[2]，寒烟生里闾^[3]。

夜帆归楚客^[4]，昨日渡江书。

为问易名^[5]叟，垂纶^[6]不见鱼。

◇**注释**

[1] 南徐：州名。今江苏省镇江市。

[2] 海县：靠海的县。

[3] 里闾：里巷，乡里。

[4] 楚客：泛指客居他乡的人。

[5] 易名：更名，隐姓埋名。

[6] 垂纶：垂钓。这里用吕尚在渭水之滨垂钓得遇文王的典故。

客广陵

楼头广陵近，九月在南徐[1]。

秋色明海县[2]，寒烟生里闾[3]。

夜帆归楚客[4]，昨日渡江书。

为问易名[5]叟，垂纶[6]不见鱼。

◇**注释**

[1] 南徐：州名。今江苏省镇江市。

[2] 海县：靠海的县。

[3] 里闾：里巷，乡里。

[4] 楚客：泛指客居他乡的人。

[5] 易名：更名，隐姓埋名。

[6] 垂纶：垂钓。这里用吕尚在渭水之滨垂钓得遇文王的典故。

登上楼头看广陵似乎距离很近，九月已到达南徐之地。

秋高气爽临海之县景物分明，里巷中升起缕缕寒烟。

他乡之客在夜晚乘船归来，刚收到渡江送来的书信。

请问那隐名埋姓的老翁，为何垂钓却不见鱼儿上钩。

李四仓曹[1]宅夜饮

霜天留饮故情欢，银烛金炉夜不寒。

欲问吴江[2]别来意，青山明月梦中看。

◇注释

[1] 仓曹：官名，即仓曹参军事，主管仓谷事务。

[2] 吴江：长江流经江苏的一段称为吴江。

◇译文

下霜的天气在李宅夜饮共叙旧情，点亮银烛，燃起金炉，深夜也不觉寒冷。

打算问问吴江别后的情况，青山明月时常出现在梦中。

梁　苑[1]

梁园秋竹古时烟，城外风悲欲暮天。

万乘旌旗[2]何处在，平台宾客[3]有谁怜？

◇注释

[1] 梁苑：梁园，即兔园，汉梁孝王所建，旧址在今河南省商丘市东。

[2] 万乘旌旗：《史记·梁孝王世家》：“孝王筑东苑，方三百余里。广睢阳城七十里。大治宫室，为复道，自宫连属于平台三十余里。得赐天子旌旗，出从千乘万骑。东西驰猎，拟于天子。”

[3] 平台宾客：梁孝王在平台招延四方之士。《史记·梁孝王世家》：“招延四方豪杰，自山以东游说之士莫不毕至。齐人羊胜、公孙诡、邹阳之属。”

◇译文

梁园秋竹似乎还残存着古时候的烟云，城外悲风怒号，天色渐晚。

当年的万乘车马和旌旗如今在哪里？又有谁怜惜那些平台贤士呢。

留别郭八

长亭驻马未能前，井邑苍茫含暮烟。

醉别何须更惆怅，回头不语但垂鞭。

◇译文

在长亭前停下马匹踌躇不前，井邑暮色苍茫烟尘袅袅。

在醉中话别何须更加惆怅，回头无话只能垂下手中马鞭。

留别武陵袁丞

皇恩暂迁谪，待罪逢知己。

从此武陵溪，孤舟二千里。

桃花遗古岸，金涧流春水。

谁识马将军^[1]，忠贞抱生死。

◇注释

[1] 马将军：汉代将领马援。他在讨伐五溪蛮时身染重病而死，死后却遭人构陷，被刘秀收回新息侯印绶。到汉章帝时平反，追谥"忠成"。

◇译文

我受皇命暂时迁谪在远地，待罪之时却正逢知己好友。

从今我将要在武陵溪中，孤舟行进两千里水路。

桃花落在旧日的岸边，溪涧中流淌着潺潺春水。

有谁认识汉代的马援将军，他一生忠贞，至死不渝。

留　别

桑林映陂[1]水，雨过宛城西。

留醉楚山别，阴云暮凄凄。

◇**注释**

[1] 陂：池塘。

◇**译文**

桑树林照映在池水之中，小雨路过西边的宛城。

在楚山与友人饮酒话别，天空中阴云密布令人心生凄然。

龙标野宴

沅溪夏晚足凉风，春酒相携就竹丛。

莫道弦歌愁远谪，青山明月不曾空。

◇译文

夏天傍晚的沅溪有凉风吹来，我们就在竹林中相携着共饮春酒。

在弹琴唱歌时不要还带着远谪的愁绪，樽中美酒从不曾空对着青山明月。

卢溪别人

武陵溪口驻扁舟，溪水随君向北流。

行到荆门上三峡，莫将[1]孤月对猿愁。

◇注释

[1] 将：共。

◇译文

你在武陵溪口登上了一叶扁舟，溪水将跟随你一直往北去。

路过荆门到了三峡，不要一个人在孤月下对着猿声哀愁。

潞府^[1]客亭^[2]寄崔凤童

萧条郡城^[3]闭，旅馆空寒烟。

秋月对愁客，山钟^[4]摇暮天。

新知^[5]偶相访，斗酒情依然^[6]。

一宿阻长会，清风徒满川。

◇注释

[1] 潞府：潞州，州治上党，在今山西省长治市。

[2] 客亭：客舍，旅馆。

[3] 郡城：指上党城。

[4] 山钟：山寺的钟声。

[5] 新知：新结交的知己，新朋友。

[6] 依然：亲切的样子。

◇译文

萧条的郡城城门紧闭，旅馆中冒着森森的寒烟。

忧愁的旅客望着秋月，暮色伴着山寺的钟声而来。

新交的知己偶然来拜访，推杯换盏中我们畅叙友情。

一夜耽搁阻碍了我们的相会，清风徒然吹满了山河。

旅 望

白草原头望京师^[1]，黄河水流无尽时。

穷秋旷野行人绝，马首东来知是谁？

◇注释

[1] 京师：长安。

◇译文

在百草原头西望着长安，黄河的流水滔滔不绝。

深秋的旷野里杳无人迹，东边有马匹过来，却不知道是谁。

裴六书堂

闲堂闭空阴，竹木但清响。

窗下长啸客，区中[1]无遗想。

经纶[2]精微言，兼济当独往。

◇注释

[1] 区中：世间。

[2] 经纶：治国之策。

◇译文

闲坐在书堂里隔绝了空中的阴湿之气，竹林树木只有清越的声响。

窗下有一个引吭长啸的人，心中没有关于世俗的想法。

裴六那些精微的治国言论，是因他独行于世时仍旧兼济天下啊。

琴

孤桐[1]秘虚鸣，朴素传幽真。

仿佛弦指外，遂见初古人。

意远风雪苦，时来江山春。

高宴未终曲，谁能辨经纶。

◇注释

[1] 孤桐：指峄阳孤桐，是做琴的上好材料。后用孤桐作为琴的代称。

◇译文

古琴发出隐秘虚空的琴音，朴素的曲调中传出幽深的真趣。

仿佛在弹琴人的拨弦指法之外，能让人遇见最初创造琴曲的古人。

曲中情意深远，如同苦于风雪，有时又像遇见了江河山川的春天。

这场宴会中还未奏完的曲子，谁能辨别其中的世务与是非。

青楼怨

香帏风动花入楼，高调鸣筝缓夜愁。

肠断关山不解说，依依残月下帘钩。

◇译文

风将落花吹入罗帏中，起高调弹奏琴筝来缓解自己的忧愁。

内心的痛苦无法消解，只看见帘幕外残月渐渐落下。

青楼曲二首

其一

白马金鞍[1]从武皇[2]，旌旗十万宿长杨[3]。

楼头小妇鸣筝坐，遥见飞尘入建章[4]。

◇注释

[1] 白马金鞍：指羽林郎，皇帝侍卫。

[2] 武皇：汉武帝，唐人多借指唐玄宗。

[3] 长杨：汉代行宫名。

[4] 建章：汉宫殿名。

◇译文

白马金鞍的将军紧随着武皇，十万旌旗招展，夜宿在长杨。

高楼上一位少妇正坐着弹奏鸣筝，远远看见车马的飞尘驰入建章。

其二

驰道^[1]杨花满御沟，红妆谩绾^[2]上青楼。

金章紫绶^[3]千余骑，夫婿朝回初拜侯。

◇注释

[1] 驰道：天子巡行之道。

[2] 谩绾：随意扎起。

[3] 金章紫绶：封侯者佩戴金银和系印用的紫色丝绦。

◇译文

驰道上杨花飞舞落满池沟，美人随意整理红妆登上青楼。

天子随行的车马千余骑，她的夫婿就在其中刚刚拜为王侯。

秋山寄陈谠言

岩间寒事[1]早，众山木已黄。

北风何萧萧，兹[2]夕露为霜。

感激未能寐，中宵时慨慷。

草虫初悲鸣，玄鸟[3]去我梁。

独卧时易晚，离群情更伤。

思君苦不及[4]，鸿雁今南翔[5]。

◇注释

[1] 寒事：冬天，寒冷的天。

[2] 兹：此。

[3] 玄鸟：燕子。

[4] 不及：指来不及见面。

[5] 南翔：当时陈谠言所居之地在南边，故称"南翔"。

◇译文

山中冬天来得早，众山草木已枯黄。

北风萧萧，今夜寒露已经凝结成霜。

心中感慨，夜不能寐，半夜里仍觉心情激动。

草虫开始悲鸣，燕子也离开了我的房梁。

独睡时很快就到了深夜，如同离群之鸟更觉悲伤。

思念你，为不能相见而悲苦，鸿雁如今飞往了南边。

秋 兴

日暮西北堂，凉风洗修木[1]。

著书在南窗，门馆常肃肃[2]。

苔草延古意[3]，视听转幽独[4]。

或问余所营，刘黍就[5]寒谷。

◇注释

　　[1] 修木：高大的树木。

　　[2] 肃肃：清净。

　　[3] 延古意：引发思古的幽情。

　　[4] 幽独：幽深而孤独。《楚辞·九章·涉江》："幽独处乎山中。"

　　[5] 就：在。

◇译文

　　西北堂前太阳渐渐落山，凉风吹拂着高大的树木。

在南窗下潜心著述，门馆前常常人影寥落。

苔痕青草激发着我思古的幽情，我的视觉和听觉都渐渐幽寂。

若有人问我到底在做什么，我在寒谷之中耕作而已。

塞上曲 [1]

秋风夜渡河，吹却雁门 [2] 桑。

遥见胡地猎，鞴马 [3] 宿严霜。

五道分兵去 [4]，孤军百战场 [5]。

功多翻下狱 [6]，士卒但心伤。

◇注释

[1]《乐府诗集》中题作"塞下曲"。

[2]雁门：唐代边防重地，在今山西省代县西北。

[3]鞴马：装备马车。

[4]"五道"句：汉宣帝时，田广明等五位将军奉诏同时出兵讨伐匈奴。

[5]"孤军"句：指汉将李陵兵败被俘一事。

[6]"功多"句：指汉云中太守魏尚有功反遭下狱一事。

◇译文

将士们在秋风萧瑟的夜晚渡河扎营，寒风吹过雁门的桑树林。

远远能看见敌人正在操练军队，在风寒霜重的夜晚备马宿营。

将士们分兵出击只为保家卫国，奋勇杀敌仍旧不免蒙受冤屈。

将士们有功不赏却反遭下狱，将士们目睹这些只有暗自伤心。

塞下曲四首·选二

其一

蝉鸣空桑林，八月萧关^[1]道。

出塞复入塞，处处黄芦草。

从来幽并^[2]客，皆向沙场^[3]老。

莫学游侠儿^[4]，矜夸紫骝^[5]好。

◇注释

[1] 萧关：又名郭关，在今宁夏回族自治区固原市东南。

[2] 幽并：幽州、并州，包括今北京市、天津市、河北省、山西省和陕西省的
部分地区。

[3] 沙场：疆场，战场。

[4] 游侠儿：古代好交游，自视勇武的人。

[5] 紫骝：骏马名。

◇译文

秋蝉在空寂的桑树林中鸣叫，八月的萧关道上秋气萧瑟。

出塞不久又再次入塞，处处都长满黄芦草。

自古幽并之地的健儿，都是在沙场上老去。

莫要学那些游侠儿，只知道夸耀紫骝马品相好。

其二

饮马渡秋水，水寒风似刀。

平沙日未没，黯黯见临洮[1]。

昔日长城战[2]，咸言[3]意气高。

黄尘足今古，白骨乱蓬蒿[4]。

◇注释

[1] 临洮：属陇西郡，在今甘肃省境内，因地处洮水而得名。

[2] 长城战：开元二年（714）十月，吐蕃以精兵十万大举进犯，朔方军总管王晙与摄右羽林将军薛讷率军大败吐蕃，杀敌数十万，洮水为之不流。

[3] 咸言：都说。

[4] 蓬蒿：蓬草与蒿草。

◇译文

秋日里饮马横渡洮水，水冰冷刺骨，寒风如刀割。

广阔的沙滩上太阳还未西落，暮色苍茫中远远望见了临洮。

昔日长城的那场战争，都说将士意气甚高。

那满满黄沙从古到今都弥漫着，一副副白骨隐没在蓬蒿之中。

沙苑南渡头

秋雾连云白，归心浦溆[1]悬。

津人[2]空守缆，村馆复临川[3]。

篷隔苍茫雨，波通演漾[4]田。

孤舟未得济，入梦在何年[5]？

◇注释

[1] 浦溆：大水有小口别通曰浦溆。

[2] 津人：渡口操舟之人。

[3] 川：指渭水。

[4] 演漾：水波荡漾的样子。

[5] "孤舟"二句：典出《史记·殷本纪》："武丁夜梦得圣人，名曰说。以梦所见视群臣百吏，皆非也。于是乃使百工营求之野，得说于傅岩中。是时说为胥靡，筑于傅岩。见于武丁，武丁曰是也。得而与之语，果圣人，举以为相，殷国大治，故遂以傅岩姓之，号曰傅说。"

◇译文

秋雾与连天的云彩白成一片，我的归心如同空悬在渡口。

摆渡人空守着缆绳，村馆就建在渭水边。

草篷隔绝了苍茫的大雨，江波连通着荡漾的水田。

我这一叶孤舟还未能出发，何时才能入君王梦中呢？

少年行二首

其一

西陵^[1]侠少年，送客短长亭^[2]。

青槐夹两路，白马如流星。

闻有羽书^[3]急，单于寇^[4]井陉^[5]。

气高轻赴难，谁顾燕山铭^[6]！

◇注释

[1] 西陵：指长安。韩帝王陵墓在长安西北，因称西陵。

[2] 短长亭：古时候驿路上供人休息之处，"十里一长亭，五里一短亭"。

[3] 羽书：羽檄，一种紧急文书，用木简制成，长约一尺二寸，上插鸟羽，以示紧急。

[4] 寇：攻劫。

[5] 井陉：关隘名，古代军事要地，在今河北省井陉县。

[6] 燕山铭：《后汉书·窦融传》载，窦宪伐北匈奴，大破之，"遂登燕然山，去塞三千余里，刻石勒功，纪汉威德，令班固作铭。"

◇译文

长安城的游侠少年，在长亭短亭里送别朋友。

道路两旁长满青槐树，白马飞奔如同流星。

听说边塞有急报，匈奴军队已经攻下了井陉关。

少年气势高昂准备为国捐躯，谁还在乎能不能刻下功勋！

其二

走马远相寻，西楼下夕阴[1]。

结交期一剑[2]，留意赠千金。

高阁歌声远，重关柳色深。

夜阑[3]须尽醉，莫负百年心[4]。

◇注释

[1] 夕阴：黄昏时的云雾。

[2] 一剑：指结下生死之交，必要时为义勇仗剑赴死。

[3] 夜阑：夜更深。

[4] 百年心：终生不渝的友情和义气。

◇译文

骑上骏马飞奔去追寻，黄昏的云雾笼罩着西楼。

你我以一剑相约，福祸与共，以千金为赠。

高阁上歌声远扬，重重关隘外柳色深深。

夜静更深时我们应该尽情大醉，不要辜负了我们此生的情义。

失　题 [1]

妍雄乃得志，遂使群心摇。

赤风 [2] 荡中原，烈火无遗巢。

一人计不用，万里空萧条。

◇注释

[1] 原诗未注明诗题，此诗咏十六国前赵开国君主刘渊之事。

[2] 赤风：风与火俱，故称"赤风"。

◇译文

妍雄志得意满，使得民众人心背离。

赤风扫荡整个中原，烈火之下没有完卵。

不听贤臣的计策，使得江山万里萧条。

送柴侍御 [1]

沅水通波接武冈 [2]，送君不觉有离伤。

青山一道同云雨，明月何曾是两乡？

◇注释

[1] 侍御：贵族的侍从官。

[2] "沅水"句：诗人被贬龙标（在今湖南省怀化市一带），龙标与武冈有沅水相通。武冈，今湖南省武冈市。

◇译文

沅水的碧波连接着武冈，送君上路并不觉离别的悲伤。

一样的青山一样的云和雨，同一轮明月照耀的地方又怎会遥远？

送魏二

醉别江楼橘柚[1]香，江风引雨入舟凉。

忆君遥在潇湘月，愁听清猿梦里长。

◇注释

[1] 橘柚：秋天成熟的水果，此诗作于清秋时节。

◇译文

橘柚飘香时节与你在江楼醉别，江风将雨丝吹进舟中，感到一阵凉意。

想念你如今在遥远的潇湘之地，只能在梦中听到清猿悲楚地声声啼叫。

送狄宗亨

秋在水清山暮蝉[1]，洛阳树色鸣皋[2]烟。

送君归去愁不尽，又惜空度凉风天。

◇**注释**

[1] 暮蝉：秋蝉。

[2] 鸣皋：山名，在河南省嵩县东北。

◇**译文**

我们分别时秋水清澈，秋蝉鸣叫，洛阳城掩映在鸣皋山的树色和烟雾中。

送友人离去，我生出无尽的愁绪，感叹自己又要一个人度过这凉风天气了。

送高三之桂林

留君夜饮对潇湘，从此归舟客梦长。

岭上梅花侵雪暗，归时还拂桂花香。

◇译文

与友人夜晚在潇湘水畔对饮，今日别后从此天涯羁旅。

山上的梅花被雪浸透，归来之时还是桂花飘香。

送郭司仓

映门淮水绿，留骑主人心。

明月随良掾^[1]，春潮夜夜深。

◇注释

[1] 良掾（yuàn）：指郭司仓。官署属员称为"掾"。

◇译文

碧绿的淮水映照着城门，不希望你离去是主人的留客之心。

希望明月追随着你这个好官，我的思念就像夜夜的春潮一样深。

送刘十五之郡

平明江雾寒，客马江上发。

扁舟事洛阳，窅窅含楚月。

◇译文

清晨江上泛着寒雾，游子的马正准备出发。

乘着一叶扁舟去洛阳任职，楚地的月亮笼罩在一片深邃朦胧之中。

送薛大赴安陆 [1]

津头云雨暗湘山 [2]，迁客离忧楚地颜。

遥送扁舟安陆郡，天边何处穆陵关 [3]。

◇注释

　[1] 安陆：唐安州安陆郡，在今湖北省安陆市。

　[2] 湘山：一名君山，又称洞庭山。

　[3] 穆陵关：关隘名。一作木陵关，在今山东省临朐东南大岘山上。

◇译文

　渡口的云雨使湘山都暗了一层，身为迁客在楚地感到无尽离愁。

　如今送友人乘一叶扁舟去往安陆，那天边到底何处才是穆陵关。

送李擢游江东 [1]

清洛 [2] 日夜涨，微风引孤舟。

离觞 [3] 便千里，远梦生江楼。

楚国 [4] 橙橘暗，吴门 [5] 烟雨愁。

东南具今古，归望山云秋。

◇注释

[1] 江东：泛指长江下游东部地区。

[2] 洛：洛水，洛河。

[3] 觞：酒杯。

[4] 楚国：楚地。

[5] 吴门：泛指苏州一带。

◇译文

清澈的洛水日日夜夜上涨，微风吹拂着江上的孤舟。

一旦离别从此远隔千里，只在遥远的梦中看见江楼。

楚地的橙橘已经熟透了，吴门的朦胧烟雨使人生愁。

东南自古就是繁华之地，回头望那山那云一派清秋。

送李五

玉碗金罍倾送君，江西日入起黄云。

扁舟乘月暂来去[1]，谁道沧浪吴楚分？

◇注释

[1] "扁舟"句：此处用王徽之月夜访戴逵之典故。《世说新语·任诞》载，东晋书法家王徽之家住山阴，一夜大雪，他突然想去拜访家住剡溪的好友戴逵（字安道），于是乘船而去。到了戴逵门前，他却不入门而回。别人问他原因，他说："我本乘兴而来，兴尽而返，何必见戴？"

◇译文

玉碗金杯中盛满美酒送别友人，江边太阳西落黄云翻滚。

月下乘扁舟自可来去，谁说沧浪之水能使我们分隔吴楚两地呢？

送程六

冬夜觞离^[1]在五溪，青鱼雪落鲙橙齑^[2]。

武冈前路看斜月，片片舟中云向西。

◇注释

[1] 觞离：设酒为离人饯行。

[2] 齑：细碎。

◇译文

冬夜我们在五溪饮酒话别，细碎的青鱼肉如同雪片落在橙子酱上。

在武冈的漫漫长路上望着一轮弯月，片片云朵随着小舟一路向西。

送朱越

远别舟中蒋山^[1]暮，君行举首燕城^[2]路。

蓟门秋月隐黄云，期向金陵醉江树。

◇注释

[1] 蒋山：又名钟山，即今江苏省南京市紫金山。

[2] 燕城：即下句之蓟门。

◇译文

蒋山上日已西斜，你登上远行的舟船，从此踏上去往燕城的路。

燕城的秋月隐没在黄云后，期待你返回金陵时我们在江树下一醉方休。

送谭八之桂林

客心仍在楚，江馆^[1]复临湘。

别意猿鸟外，天寒桂水长。

◇注释

[1] 江馆：江边的馆舍，客舍。

◇译文

你的心仍旧牵挂着楚地，人已经到了湘水旁边的馆舍了。

离别之意已经越过猿鸟，直接到达那遥远寒冷的桂水了。

送窦七

清江月色傍林秋，波上荧荧望一舟。

鄂渚轻帆须早发，江边明月为君留。

◇译文

江上的月色依傍着秋日的深林，盈盈波光中有一叶扁舟漂荡。

在鄂渚上应该早些扬起船帆，江边的明月为了你而停留。

送十五舅^[1]

深林秋水近日空，归棹演漾清阴中。

夕浦离觞意何已，草根寒露悲鸣虫。

◇注释

[1] 十五舅：王昌龄的舅父，行第十五。

◇译文

近日深林和秋水都空空无碍，在清冷月光下船桨荡起波澜。

傍晚在渡口离别多么令人伤感，衰草寒露中听见秋虫悲鸣。

送郑判官

东楚吴山驿树微，辌车^[1]衔命奉恩辉。
英僚携出新丰^[2]酒，半道遥看骢马归。

◇注释

[1] 辌车：由马所驾的轻便小车。

[2] 新丰：镇名，故址在今陕西省临潼区东北，以产美酒著名。

◇译文

东楚吴山的驿路上，树影渐行渐远，我乘着小车沐浴着圣恩的光辉。

同僚们带着新丰美酒相携而出，半路上遥看着骏马归去。

送姚司法归吴

吴掾[1]留觞楚郡心，洞庭秋雨海门阴。

但令意远扁舟近，不道[2]沧江百丈深。

◇注释

[1] 吴掾：即姚司法。其为吴人，官州掾，故称吴掾。

[2] 不道：不论，不顾。

◇译文

与姚司法饮下离别之酒，洞庭湖上秋雨绵绵，海门天色阴暗。

只要抱定隐居之志，则山岳只需一叶扁舟可到达，不论那沧海到底有多深。

送刘眘虚归取宏词[1]解

太清[2]闻海鹤，游子引乡眄[3]。

声随羽仪[4]远，势与归云便。

青桂春再荣，白云暮来变。

迁飞在礼仪，岂复泪如霰[5]。

◇注释

[1] 宏词：博学宏词，唐代科举名目的一种。

[2] 太清：指天道，天空。

[3] 眄：斜视，看，望。

[4] 羽仪：古代的一种礼仪用品，由鸟羽制成，后用以比喻居高位有才德的人。

[5] 霰：空中降落的白色小冰粒，多在下雨或下雪前出现。

◇译文

天空中听闻海鹤飞来，游子引来乡人的观望。

你的声名随着羽仪扩散，气势如同空中的飞云。

青青的桂树在春天再次焕发生机，白云在傍晚不停地变幻。

你很快就将青云直上，哪里会再挥泪如雨呢？

送人归江夏 [1]

寒江绿水楚云深，莫道离居迁远心。

晓夕双帆归鄂渚，愁将孤月梦中寻。

◇注释

[1] 江夏：鄂州江夏郡，在今湖北省武汉市。

◇译文

寒江绿水，阴云重重，不要说远谪之人的离别之心。

早晚会扬起船帆回到鄂渚，我只能在梦里让一轮孤月寄托愁绪。

送李邕^[1]之秦

怨别秦楚深，江中秋云起。

天长梦无隔，月影在寒水。

◇注释

[1] 李邕：唐代书法家，字泰和，扬州人。

◇译文

与友人分别的愁怨如同秦地楚地一样深远，秋日江中云烟升起。

相距遥远只有在梦中相会，月亮的影子映照在寒水之中。

送张四

枫林已愁暮，楚水复堪悲。

别后冷山月，清猿无断时。

◇译文

惆怅间枫林已笼罩暮色，楚水又使人深感悲凉。

离别之后只看见冷冷的山月，那悲哀的猿啼声没有断绝之时。

送万大归长沙

桂阳[1]秋水长沙县，楚竹离声为君变。

青山隐隐孤舟微，白鹤双飞忽相见。

◇注释

[1]桂阳：唐之郴州，隋为桂阳郡。

◇译文

桂阳的秋水送你一路到长沙，楚竹似乎为了你发出萧瑟的声音。

青山时隐时现，孤舟越来越小，白鹤双双飞去忽然与你相见。

送吴十九往沅陵

沅江流水到辰阳，溪口逢君驿路长。

远谪唯知望雷雨[1]，明年春水共还乡。

◇注释

[1] 雷雨：借指朝廷的恩泽。

◇译文

沅江的水一直流到辰阳，在溪口遇到你驿路还很漫长。

被贬谪到远地只有盼着朝廷的恩泽，希望能与明年的春水一起还乡。

送胡大

荆门^[1]不堪别，况乃潇湘秋。

何处遥望君，江边明月楼。

◇注释

[1] 荆门：唐代荆州荆门县，在今湖北省荆门市。

◇译文

在荆门外不忍心与友人离别，更何况又遇到了潇湘肃杀的秋天。

在何处才能远远地看见你呢，只有登上江边的明月楼。

送裴图南

黄河渡头归问津，离家几日茱萸新。

漫道闺中飞破镜^[1]，犹看陌上别行人。

◇注释

[1] 飞破镜：指月半。《古绝句》："藁砧今何在？山上复有山。何当大刀头？破镜飞上天。"

◇译文

黄河渡口归人来问路，离家一些时日已到了重阳。

不要说已经到了月半之时，你看那路上仍旧有离别的人。

送东林[1]廉上人[2]归庐山

石溪流已乱，苔径人渐微。

日暮东林下，山僧还独归。

常为庐峰意[3]，况与远公[4]违。

道性深寂寞，世情多是非。

会[5]寻名山去，岂复望清辉。

◇注释

[1] 东林：东林寺，在庐山。

[2] 上人：对僧人的敬称。

[3] 庐峰意：皈依佛门的想法。

[4] 远公：东晋高僧慧远，这里借指廉上人。

[5] 会：应，将。

◇译文

石上的溪水流向纷乱，苔藓小径上行人渐渐稀少。

东林寺外太阳西落，山僧独自归来。

我常常有皈依佛门的想法，更何况现在遇见了廉上人。

道性讲究深寂不动，世情多纷乱是非。

您将要寻名山归去，我哪能再仰望您的风采呢。

素上人影塔 [1]

物化 [2] 同枯木，希夷 [3] 明月珠。

本来生灭 [4] 尽，何者是虚无？

一坐看如故，千龄独向隅 [5] 。

至人 [6] 非别有，方外 [7] 不应殊。

◇注释

[1] 影塔：挂有高僧画像的佛塔。

[2] 物化：人死去称为物化。

[3] 希夷：《老子》："视之不见名曰夷，听之不闻名曰希。"

[4] 生灭：佛教语，依因缘和合而有谓之"生"，依因缘离散而无谓之"灭"。

[5] 隅：角落。

[6] 至人：圣人，指在某一方面达到最高境界的人。

[7] 方外：世外，超然于世俗礼教之外。

◇译文

素上人如同木朽一般物化，好似明月之珠突然失去光彩。

本来一切因缘际会都已化尽，又有什么是虚无的呢？

上人的坐像一如从前那般，即使过尽千年也依旧向着那个角落。

圣人从不会要求与别人不同，上人超脱尘俗不应与圣人有别。

宿裴氏山庄 [1]

苍苍竹林暮，吾亦知所投。

静坐山斋月，清溪闻远流。

西峰下微雨，向晓百云收。

遂解尘中组 [2]，终南春可游。

◇注释

[1] 裴氏山庄：在终南山（今陕西省长安区南）中。

[2] 解组：去官。组，印绶。

◇译文

天色渐晚，来到苍翠的竹林中，我知道这就是我的去处。

静静坐在山中小院，看着天上的月亮，听着清澈的溪流远去的声音。

西面山峰刚刚下过小雨，天快亮了，云彩都散开了。

我于是离开尘世的羁绊，在终南山中游赏春色。

宿京江[1]口期刘眘虚不至

霜天[2]起长望，残月生海门[3]。

风静夜潮满，城高寒气昏。

故人何寂寞，久已乖[4]清言。

明发[5]不能寐，徒盈江上樽。

◇注释

[1] 京江：今江苏省镇江市北的一段长江。

[2] 霜天：秋天。

[3] 海门：海口。

[4] 乖：违背，背离。

[5] 明发：黎明。《诗经·小雅·小宛》："明发不寐，有怀二人。"

◇译文

秋霜满地时我起身向远望，只见残月正斜挂海门口。

风平夜静时潮水已涨满，高高的城楼上寒气阵阵袭人。

老友是何等的寂寞，我已久违了你高雅的谈论。

直到天明仍不能入睡，在江上白白斟满酒杯。

太湖^[1]秋夕

水宿烟雨寒，洞庭^[2]霜落微。

月明移舟去，夜静魂梦归。

暗觉海风度，萧萧闻雁飞。

◇注释

[1] 太湖：今江苏省无锡市以南，浙江省长兴、吴兴以北的太湖。

[2] 洞庭：太湖中岛屿名，有东洞庭山，西洞庭山。

◇译文

在凄寒的烟雨中停泊太湖边，洞庭山中有微霜降落。

明月当空时我乘舟离开，夜深人静时我魂梦归来。

暗暗察觉海风吹度，只听到鸿雁飞去的萧萧声。

题净眼师房

白鸽飞时日欲斜，禅房寂历^[1]饮香茶。

倾人城，倾人国^[2]，斩新^[3]剃头青且黑。

玉如意，金澡瓶^[4]，

朱唇皓齿能诵经，吴音^[5]唤字更分明。

日暮钟声相送出，袈裟挂著箔帘钉。

◇注释

[1] 寂历：寂静，冷清。

[2] 倾人城，倾人国：《李延年歌》："北方有佳人，绝世而独立。一顾倾人城，再顾倾人国。宁不知倾城与倾国，佳人难再得。"

[3] 斩新：崭新。

[4] 澡瓶：佛家语，供净手用的贮水瓶。

[5] 吴音：吴语，今江苏省苏州市一带的口音。

◇译文

　　白鸽飞走时太阳西斜了，寂静禅房中，上师啜饮香茶。

　　她的容貌倾国倾城，新剃过的头却仍是满头黑发。

　　玉如意，金澡瓶，

　　她轻启朱唇皓齿，念诵经书，用吴语念字更加分明。

　　傍晚钟声响起她起身送客，却不料袈裟勾在了竹帘的钉钩上。

题灞池[1]二首

其一

腰镰欲何之？东园刈[2]秋韭。

世事不复论，悲歌和樵叟。

◇注释

[1] 灞池：在灞陵上。灞池在诗人故园附近。

[2] 刈：割。

◇译文

腰上挂着镰刀要往哪里去？我要去东园割秋天的韭菜。

世间之事我已不想再评论，只有一曲悲歌与砍柴老翁唱和。

其二

开门望长川[1]，薄暮见渔者。

借问白头翁，垂纶[2]几年也？

◇注释

[1] 长川：灞水。

[2] 垂纶：比喻隐居。纶，钓鱼的丝线。

◇译文

打开门望见灞水，暮色中看见了一个钓鱼翁。

敢问这位白头老者，您在这里钓鱼几年了？

题朱炼师山房

叩齿[1]焚香出世尘，斋坛鸣磬步虚人。

百花仙酝能留客，一饭胡麻度几春[2]。

◇注释

[1] 叩齿：牙齿上下碰撞，道教的一种修炼方法。

[2] "一饭"句：相传刘晨、阮肇二人入天台采药，途中遇二女子，邀之还家，待以酒饭，当中有胡麻饭。

◇译文

日日修炼焚香，使自己脱离尘俗，斋坛上敲击磬钟，慢慢步入虚空。

百花酿成仙酒，留饮客人，吃一碗胡麻饭，人间已经过了几度春秋。

题僧房

棕榈[1]花满院，苔藓入闲房。

彼此名言[2]绝，空中闻异香。

◇注释

[1] 棕榈：常绿乔木，花黄色，木材可以作器具。

[2] 名言：名目与言句。佛教用语。

◇译文

棕榈花开满了院子，苔藓长到了空闲的房屋中。

我们彼此对坐无语，在空气中闻到了一阵奇香。

听流人[1] 水调子[2]

孤舟微月对枫林，分付[3]鸣筝与客心。

岭色千重万重雨，断弦收与泪痕深。

◇注释

[1] 流人：流落江湖之人。

[2] 水调子：水调歌，属乐府商曲调，声调哀切。

[3] 分付：分别交付。

◇译文

孤舟、冷月，正对着枫林，分别交付给琴筝和迁客之心。

层层山岭如在雾雨之中，筝弦忽断，曲调在深深的泪水中终结。

听弹风入松^[1] 赠杨补阙^[2]

商风^[3]入我弦，夜竹深有露。

弦悲与林寂，清景不可度。

寥落幽居^[4]心，飕飗^[5]青松树。

松风吹草白，溪水寒日暮。

声意去复还，九变^[6]待一顾^[7]。

空山多雨雪，独立君始悟。

◇注释

[1] 风入松：古琴曲名，相传为嵇康所制。

[2] 补阙：官职名，唐代门下省有左补阙，中书省有右补阙，各六人，从七品阶。

[3] 商风：秋风。

[4] 幽居：隐居。

[5] 飕飗（sōu liú）：风声。

[6] 九变：九章，九首。

[7] 一顾：《三国志·吴书·周瑜传》："曲有误，周郎顾。"

◇译文

秋风吹着我的琴弦，夜深了竹叶上沾满露水。

弦音的悲戚与林间的寂寞，这种清幽的景象不可想象。

隐居避世之心甚为寥落，呼啸的风吹动着青松树。

松林中的风吹得草儿也附上白霜，天色晚了，溪水更加寒冷。

琴音回环往复，变化多样只为等待君的鉴赏。

空山中多雨和雪，我一人独立静听便有了顿悟之感。

同从弟销 [1] 南斋玩月忆山阴崔少府 [2]

高卧南斋时，开帷月初吐。

清辉淡水木，演漾 [3] 在窗户。

苒苒 [4] 几盈虚，澄澄变今古。

美人 [5] 清江畔，是夜越吟 [6] 苦。

千里其如何，微风吹兰杜 [7]。

◇注释

[1] 销：王销，王昌龄从弟。

[2] 崔少府：崔国辅，盛唐著名诗人，擅五绝。

[3] 演漾：月光融融如同水之荡漾。

[4] 苒苒：渐渐地。

[5] 美人：这里指崔少府。

[6] 越吟：思乡。《史记·张仪列传》："中谢对曰：'凡人之思故，在其病也。彼思越则越声，不思越则楚声。'"

[7] 兰杜：兰草、杜若，香草名。

在南斋高卧时，打开床幔，月亮刚刚升起。

月光使流水和树木颜色淡了一层，融融月色如同在窗户外边荡漾。

时光飞逝，不知月亮几度圆缺，澄澈月光照耀下，今日又将变作古时。

友人你一定是在清江的岸边，在夜里吟咏思乡的诗篇。

纵然远隔千里那又如何呢，像微风吹着兰草杜若一样将芳香远播。

同王维集青龙寺^[1]昙壁上人兄院五韵

本来清净所^[2]，竹树引幽阴。

檐外含山翠，人间出世心。

圆通^[3]无有象^[4]，圣境^[5]不能侵。

真是吾兄法，何妨友弟深。

天香^[6]自然会，灵异识钟音。

◇注释

[1] 青龙寺：在长安。本为隋灵感寺，后被废。龙朔二年复奏立为观音寺，景云二年改为青龙寺。

[2] 清净所：佛教僧徒修行之处。

[3] 圆通：佛家语。《三藏法数》："性体周遍曰圆，妙用无碍曰通。"

[4] 无有象：佛教大乘空宗认为宇宙万象都"非真象"，即无有象。

[5] 圣境：即圆通。

[6] 天香：佛家语，天上之香，又人中之妙香称为天香。

◇译文

本来身处清净之所，竹林树木提供一片清幽阴凉。

屋檐外的远山青翠，虽处人间亦怀有出世之心。

圆通之境，皆非真象，心之圣境，不可侵入。

这正是上人之法，何妨与相友爱的弟兄以深心救法。

天香自然而然与我们相会，在灵秀优异之处听到了钟声。

万岁楼 [1]

江上巍巍万岁楼，不知经历几千秋。

年年喜见山长在，日日悲看水独流。

猿狖 [2] 何曾离暮岭，鸬鹚空自泛寒洲。

谁堪登望云烟里，向晚茫茫发旅愁。

◇注释

[1] 万岁楼：楼名。在今江苏省镇江市。

[2] 猿狖：泛指猿猴。

◇译文

江上有一座巍巍耸立的万岁楼，不知道它已经历经了几千个春秋。

它年年可以高兴地看见青山常在，日日却只能悲伤地看水向东流。

猿猴从来不曾离开山岭，鸬鹚鸟往往独自飞渡寒洲。

谁能忍心登楼遥望远处的云烟，在傍晚抒发无尽的羁旅之愁。

为张偾赠阁使臣

哀哀献玉人[1]，楚国同悲辛；

泣尽继以血，何由辨其真！

赖承琢磨惠，复使光辉新。

犹畏谗口疾[2]，弃之如埃尘。

◇注释

[1] 献玉人：《韩非子·和氏》载，楚人和氏在楚山中得到一块美玉，献给厉王，厉王让玉匠检验，玉匠说是石头。厉王便削掉了楚人的左足。武王即位后，和氏又献玉，武王也认为他是骗子，于是又削掉了他的右足。到文王即位的时候，和氏抱着玉在楚山之下痛哭三日三夜，泪水哭干之后，哭出了血泪。文王听说后，让玉匠雕刻他的玉璧并且以之为珍宝，把玉命名为"和氏之璧"。

[2] 疾：嫉妒，嫉恨。

◇译文

可怜的献玉人啊，整个楚国都为你悲哀。

泪水哭干了又哭出血泪，用什么来辨别玉的真伪！

所幸最终雕琢成器，才使得它重放光辉。

谗言嫉恨仍然使人害怕，才让美玉被弃如尘埃。

乌栖曲

白马逐朱车，黄昏入狭邪[1]。

柳树鸟争宿，争枝未得飞上屋。

东房少妇婿从军，每听乌啼知夜分。

◇**注释**

[1] 狭邪：妓女所居之处。

◇**译文**

男子骑着白马追逐着华丽的前车，黄昏时分走进了青楼楚馆。

柳树上鸟儿争相栖息，没有争到枝头的鸟儿只好飞上屋檐。

东房少妇的夫婿已经从军去了，她每次听到乌鸦啼叫便知道一夜又过。

武陵田太守席送司马卢溪 [1]

诸侯分楚郡，饮饯五溪 [2] 春。

山水清晖远，俱怜一逐臣 [3]。

◇注释

[1] 司马卢溪：卢溪郡太守，姓司马。

[2] 五溪：武溪、巫溪、酉溪、沅溪、辰溪的总称，在今湖南省西部。

[3] 逐臣：被贬之臣，王昌龄自谓。

◇译文

田太守和司马太守分管二郡，我们在五溪宴饮送别。

遥远的山水和太阳的光辉，都在哀怜我这个被贬之人。

武陵开元观黄炼师院三首·选二

其一

松间白发黄尊师[1]，童子烧香禹步[2]时。

欲访桃源入溪路，忽闻鸡犬使人疑。

◇注释

[1] 尊师：道士的尊称。

[2] 禹步：道士做法时的一种步法。

◇译文

松树下立着白发道人黄尊师，童子一边烧香一边做法事。

打算拜访桃源进入小溪道中，忽然听到鸡鸣犬吠使人生疑。

其二

先贤[1]盛说桃花源，尘忝何堪武陵郡！

闻道秦时避地人，至今不与人通问。

◇注释

[1] 先贤：指陶渊明。

◇译文

陶渊明盛赞桃花源，桃源中人怎堪忍受武陵郡赋役的辱没。

我听说秦时躲避战乱的那些人，直到如今也不与外人沟通。

西江寄越弟 [1]

南浦逢君岭外还，沅溪[2]更远洞庭山。

尧时恩泽如春雨，梦里相逢同入关[3]。

◇注释

[1] 越弟：王越，王昌龄从弟。

[2] 沅溪：沅水，此处借沅溪指代龙标。

[3] 关：指潼关。

◇译文

当初与越弟南浦分别，如今你已量移岭外，我远在沅溪，与洞庭相距甚远。

何时才能遇到君王的恩泽，我在梦里与你一同入潼关。

西宫[1]春怨

西宫夜静百花香，欲卷珠帘春恨长。

斜抱云和[2]深见月，朦胧树色隐昭阳[3]。

◇注释

[1] 西宫：嫔妃居住的宫殿。

[2] 云和：原指山名，以产琴瑟著称，所以通常用以代指琵琶、琴瑟等乐器。

[3] 昭阳：昭阳殿，汉成帝昭仪赵合德所居。

◇译文

夜深人静，西宫前百花散发幽香，打算卷起珠帘，心中的愁恨又增加了。

斜抱着琵琶望见空中的明月，朦胧的树影遮住了昭阳殿。

西宫秋怨

芙蓉不及美人妆，水殿^[1]风来珠翠香。

却恨含情掩秋扇^[2]，空悬明月待君王。

◇注释

[1] 水殿：建筑在水上的宫殿。

[2] 秋扇：宫扇，团扇。

◇译文

芙蓉花不及美人的妆容，水殿上吹来一阵珠翠香风。

手拿着团扇掩住愁容，望着天上明月空等着君王到来。

萧驸马[1]宅花烛

青鸾飞入合欢宫，紫凤衔花出禁中[2]。

可怜[3]今夜千门里，银汉星槎一道通。

◇注释

[1] 萧驸马：萧恒，唐玄宗第二十九女新昌公主之驸马。

[2] "青鸾"二句：写驸马入宫亲迎，公主出宫下降萧氏之第。古人以鸾凤比喻伉俪，青鸾指萧恒，紫凤指新昌公主。

[3] 可怜：可喜，可美。

◇译文

青鸾鸟飞入合欢宫，紫凤鸟衔着花枝离开宫门。

可喜今夜宫门之中，有人乘着星船直冲霄汉。

行路难

双丝作绠[1]系银瓶[2]，百尺寒泉辘轳[3]上。

悬丝一绝不可望，似妾倾心[4]在君掌。

人生意气好迁捐[5]，只重狂花不重贤。

宴罢调筝奏离鹤[6]，回娇转盼[7]泣君前。

君不见眼前事，岂保须臾心勿异。

西山日下雨足[8]稀，侧有浮云无所寄。

但愿莫忘前者言[9]，锉骨[10]黄尘亦无愧。

行路难，劝酒莫辞烦！

美酒千钟犹可尽，心中片恨[11]何可论！

一闻汉主思故剑[12]，使妾长嗟万古魂。

◇注释

　[1] 绠：汲井之绳。

　[2] 银瓶：汲水器。

　[3] 辘轳：汲水用具，井上的轮轴。

179

[4] 倾心：钟情。

[5] 迁捐：流移变化而抛弃旧爱。捐，抛弃。

[6] 离鹤：又作《别鹤》，琴曲名。

[7] 盼：眼睛。

[8] 雨足：雨脚，密密麻麻的雨点。

[9] 前者言：指从前欢好时所结下的誓言。

[10] 锉骨：粉身碎骨。

[11] 恨：遗憾，愁恨。

[12] 汉主思故剑：《汉书·孝宣许皇后传》载，汉宣帝刘询年少时在掖庭长大，号黄曾孙，取许广汉之女许平君为妻。后来刘询登基为帝，许平君封为婕妤。当时，大将军霍光有小女，且与皇太后有亲，公卿提议立霍光之女为皇后。汉宣帝于是下诏求一把自己卑微时所用的配剑，以示自己念旧之意。于是重臣上奏立许平君为皇后。

◇译文

在银瓶上系上双丝绳，百尺深的寒泉水随着辘轳的转动提了上来。

悬着的丝绳一旦断了就看不见了，如同我把心交付在郎君的手掌。

郎君心意易变，转身便将我抛弃，只爱狂蜂浪蝶却不爱贤良淑德。

宴饮结束我调筝奏一曲《离鹤》，回首顾盼在郎君面前哭泣不已。

郎君看不到眼前这一切，岂能保证自己须臾片刻不变心。

西山太阳落下，雨水渐渐稀少，山侧有浮云无所寄托。

只盼望郎君不要忘记我们的誓言,我即便粉身碎骨、委身黄尘也无怨无悔。

前路难啊，劝君饮酒不要频繁推辞！

美酒千杯总有喝尽的时候，我心中一片愁恨哪能说得完！

又听说汉皇思故剑的故事，使我又生出千古的长叹。

宴春源

源向春城花几重，江明深翠引^[1]诸峰。

与君醉失松溪路，山馆寥寥传暝^[2]钟。

◇注释

　　[1] 引：连接。

　　[2] 暝：傍晚。

◇译文

　　春城花朵繁盛，碧绿的江水连接着青山。

　　我与你在松溪路上迷醉，听到了山舍传来的晚钟声。

遇薛明府谒聪上人

欣逢柏梁^[1]故，共谒聪公禅。

石室^[2]无人到，绳床^[3]见虎眠。

阴崖^[4]常抱雪，枯涧为生泉。

出处虽云异，同欢在法筵^[5]。

◇注释

[1] 柏梁：这里代指薛明府。

[2] 石室：岩洞，这里指聪上人的居所。

[3] 绳床：一种可以折叠的轻便坐具。

[4] 阴崖：背阳的山崖。

[5] 法筵：讲经说法者的坐席，引申为讲述佛法的集会。

◇译文

因为喜逢薛明府的缘故，我们一同拜谒聪上人。

石室常年无人到访，绳床旁边有猛虎栖息。

背阴的山崖常年下雪，干涸的溪涧生出泉水。

我们虽然来自不同的地方，如今却在法筵上共同欢欣。

越 女^[1]

越女作桂舟，还将桂为楫^[2]。

湖上水渺漫^[3]，清江不可涉。

摘取芙蓉^[4]花，莫摘芙蓉叶。

将归问夫婿，颜色何如妾^[5]。

◇注释

[1] 越女：越地一带的女子，在今浙江省一带。

[2] 楫：船桨。

[3] 渺漫：浩渺无边际。

[4] 芙蓉：荷花。

[5] 妾：越女对自己的谦称。

◇译文

越女用桂木制作小舟，又用桂木做成船桨。

湖上的水波浩渺无边，清澈的江水不可徒步走过。

越女摘取一朵荷花，不摘走一片荷叶。

她拿着花儿要回去问丈夫，荷花的颜色能不能与我相比？

赠史昭

东林月未升，廓落星与汉。

是夕鸿始来^[1]，斋中起长叹。

怀哉望南浦^[2]，眇然^[3]夜将半。

但有秋水声，愁使心神乱。

握中何为赠，瑶草^[4]已衰散。

海鳞^[5]未化时，各在天一岸。

◇注释

[1] 鸿始来：有书信寄来。

[2] 南浦：送行分别之处。《楚辞·九歌·河伯》："子交手兮东行，送美人兮南浦。"

[3] 眇然：昏暗的样子。

[4] 瑶草：仙草。

[5] 海鳞：鲲未化作鹏鸟之前的形态。《庄子·逍遥游》："北冥有鱼，其名为鲲，鲲之大不知其几千里也。化而为鸟，其名为鹏，鹏之背，不知其几千里也。怒而飞，其翼若垂天之云。"

◇译文

东林寺外月亮还未升起，天上星汉寥廓稀疏。

到了晚上才有书信寄来，我在吴中起身长叹。

望着分别的南浦想念你，昏昏然夜已过半。

只听到秋水流动的声音，离愁使我心神烦乱。

将书信握在手中，不知有什么可以赠予你，仙草都已衰败枯散。

鲲还未化而成鹏时，我们就已经天涯分别了。

斋 心 [1]

女萝 [2] 覆石壁，溪水幽蒙胧。

紫葛蔓黄花，娟娟 [3] 寒露中。

朝饮花上露，夜卧松下风。

云英 [4] 化为水，光采与我同。

日月荡 [5] 精魄，寥寥天府空。

◇注释

[1] 斋心：祛除杂念，使心神凝寂。《庄子·人间世》："颜回见仲尼曰：'回之家贫，唯不饮酒不茹荤者数月矣，如此则可以为斋乎？'曰：'是祭祀之斋，非心斋也。'回曰：'敢问心斋？'仲尼曰：'若一志，无听之以耳，而听之以心，无听之以心，而听之以气。听止于耳，心止于符。气也者，虚而待物者也。唯道集虚。虚者，心斋也。'"

[2] 女萝：松萝，地衣类植物。

[3] 娟娟：美好的样子。

[4] 云英：云母。一种矿物。

[5] 荡：涤荡。

松萝生满石壁，溪水流向幽深的远处不可清晰看见。

紫色葛藤上长满黄花，在寒露中显出美丽的身姿。

我早晨喝花朵上的露水，夜晚就在松树下迎风而卧。

溪水清澈如同云母所化，我绝离尘俗与之同光辉。

日月涤荡了我的灵魂，我的胸襟与天地一般辽阔无际。

朝来曲

月昃[1]鸣珂[2]动，花连绣户春。

盘龙玉台镜，唯待画眉人。

◇注释

[1] 月昃：月亮偏西。

[2] 珂：装饰马的玉石，马动起来会有声响。

◇译文

月亮偏西的时候听到了玉石之声，春花围绕着佳人的窗台。

面对雕饰着盘龙的妆台，她一心等待着为她画眉的情郎。

赵十四兄见访

客来舒长簟[1]，开阁[2]延清风。

但有无弦琴[3]，共君尽尊[4]中。

晚来常读易[5]，顷者[6]欲还嵩[7]。

世事何须道，黄精[8]且养蒙。

嵇康殊寡识，张翰独知终；

忽忆鲈鱼鲙[9]，扁舟往江东。

◇注释

[1] 簟：竹席。

[2] 阁：侧门。

[3] 无弦琴：《宋书·陶潜传》："潜不解音声，而畜琴一张，无弦，每有酒适，辄抚弄以寄其意。"

[4] 尊：同"樽"，酒杯。

[5] 易：《周易》。

[6] 顷者：今日。

[7] 还嵩：还山，即归隐。

[8] 黄精：百合科多年生草本植物，茎可药用。道教传说服之可长生不老。

[9]"忽忆"句：西晋张翰在洛阳为官时，一日见秋风起，思念起故乡吴中的莼羹鲈脍，于是辞官归乡。

◇译文

客人来了我铺开竹席，打开侧门让清风进屋。

只有一张无弦琴，与君共饮尽杯中酒。

晚年常常读《周易》，近日愈发想要归隐。

世间事又何须说得太明白，不如服食黄精调养蒙昧的本性。

嵇康因缺少见识而招致杀身之祸，张翰因感秋风而弃官归乡才得以终老。

忽然忆起家乡的鲈鱼脍，于是立刻辞官乘舟去往江东。

郑县[1]宿陶太公馆中赠冯六元二

儒有轻王侯，脱略[2]当世务。

本家蓝田[3]下，非为渔弋[4]故。

无何[5]困躬耕，且欲驰永路[6]。

幽居与君近，出谷同所骛[7]。

昨日辞石门，五年变秋露。

云龙未相感[8]，干谒[9]亦已屡。

子为黄绶[10]羁，余忝[11]蓬山[12]顾。

京门望西岳[13]，百里见郊树。

飞雨祠上来，霭然[14]关中[15]暮。

驱车郑城宿，秉烛论往素[16]。

山月出华阴，开此河渚[17]雾。

清光比故人，豁达展心晤[18]。

冯公尚戢翼[19]，元子仍踽步[20]。

拂衣易为高，沦迹难有趣。

张范善终始[21]，吾等岂不慕。

罢酒当凉风，屈伸备冥数[22]。

◇注释

[1] 郑县：今陕西省华县。

[2] 脱略：摆脱。

[3] 蓝田：一作"蓝溪"。蓝田山，今陕西省蓝田县东。

[4] 渔弋：捕鱼猎禽。

[5] 无何：不久。

[6] 永路：长路，远路。

[7] 骛：追求。

[8] "云龙"句：《易·乾》："云从龙，风从虎，圣人作而万物睹。"后常用此比喻君臣风云际会。

[9] 干谒：有所企图或要求而求见显达之人。

[10] 黄绶：黄色印绶，指佐吏。

[11] 忝：谦辞，表示辱没他人，自己有愧。

[12] 蓬山：官署名，秘书省的别称。诗人曾授秘书省校书郎。

[13] 西岳：指西岳华山。

[14] 霭然：黯淡不明的样子。

[15] 关中：指今陕西省关中的平原地区。

[16] 往素：往昔，平常。

[17] 河渚：河中的小块陆地。

[18] 晤：明了，明白。

[19] 戢翼：敛翅止飞。比喻谦卑自处或归隐。

[20] 踽步：小步。

[21] "张范"句：典出《后汉书·范式传》，东汉时，张劭与范式是生死之交，

195

传说张劭死后，范式在梦中见张劭告诉自己的丧辰，因此范式得以赶去为他送葬。后人常用以形容生死之交的友情。

[22]冥数：命运，天数。

◇译文

儒生大多轻视出仕为官，希望摆脱俗世的劳务。

我本来就住在蓝田山下，并非从事渔猎的缘故。

不久便为躬耕所困窘，离开家门踏上漫漫长路。

我的居所离你不远，于是走出山谷去寻求出路。

昨天我刚刚辞别石门，五年来已多次变换秋露。

可惜我得不到君王赏识，不得不屡屡拜谒他人。

你作为官员身不由己，我虽然不才也担任校书。

从京城遥望西岳华山，百里外只看见郊外树木。

飒飒风雨从祠上飘来，关中笼罩着一片薄暮。

驱赶车马前往郑县投宿，在烛光下畅谈往事。

秋月从华阴渐渐升起，河上被照亮云雾消失。

明月清光就像是故人，我豁然开朗敞开心扉。

冯公至今仍困顿失意，元子也沉沦有志难伸。

抖衣退隐易得高尚之名，遗世而居难有人生之趣。

张劭范式为生死之交，我们怎能不心怀羡慕。

饮罢美酒正当凉风习习，人生进退自有定数。

196

至南陵答皇甫岳

与君同病[1]复漂沦，昨夜宣城别故人。

明主恩深非岁久[2]，长江还共五溪滨。

◇注释

[1] 同病：指作者与友人同时遭贬。

[2] 非岁久：不会很久。

◇译文

我与你一同遭贬，又再次过上了漂泊生活，昨夜还在宣城告别故人。

圣主恩宠深重，我们不会被贬谪太久，很快就会像五溪之水与大江汇聚。

诸官游招隐寺 [1]

山馆人已空，青萝 [2] 换风雨。

自从永明世 [3]，月向龙宫 [4] 吐。

凿井长幽泉，白云今如古。

应真 [5] 坐松柏，锡杖 [6] 挂窗户。

口云七十余，能救诸有 [7] 苦。

回指岩树花，如闻道场 [8] 鼓。

金色身 [9] 坏灭，真如 [10] 性无主。

僚友 [11] 同一心，清光 [12] 遣谁取。

◇注释

[1] 招隐寺：在润州丹徒县。

[2] 青萝：松萝，一种地衣类植物。

[3] 永明世：招隐寺始建于永明年间。永明，南朝齐武帝萧颐的年号（483—

493）。

[4] 龙宫：佛教中龙王的宫殿。《般若波罗密经·现相名第七》："菩萨摩诃萨，

行般若波罗密，以方便力示现，行诣道场，足下即现千幅轮相，微妙光明。……及照龙宫时，有迦犁迦龙王，遇此光明，即告诸龙：'此金色光来照龙宫，悉令汝等心身安乐。'"

[5]应真：阿罗汉之旧译。应受人天供养之真人，佛家所谓彻悟之圣者。这里指寺中的住持僧人。

[6]锡杖：僧人所持手杖。

[7]诸有：众生。《法华经·序品》："尽诸有节，心得自在。"

[8]道场：梵文意译。佛教礼拜、诵经、行道的场所。

[9]金色身：金色之身相。《无量寿经》："设我得佛，国中人无不悉真金色者，不取正觉。"

[10]真如：又名佛性、法性、圆成实性等。《唯识论》："真谓真实，显非虚妄，如谓如常，表无变异。谓此真实于一切法，常如其性，故曰真如。"

[11]僚友：同事，同僚。

[12]清光：月光。

◇译文

山中馆社已经人去楼空，地上的松萝已沐浴了几番风雨。

自从永明时建成招隐寺，夜夜可见月亮在此地初升。

开凿水井幽泉涌出，白云今时如同古时。

高僧在松柏林中打坐，锡杖挂在窗户旁。

他说自己七十多岁，能救一切众生之苦。

回身手指岩壁中的树和花，如同听到了道场中的鼓音。

金身或许会被破坏毁灭，佛性却不为人所独有。

同僚们都一心向佛，应该让谁去取来清光呢。